무엇이든 할 수 있다는 마음으로

무엇이든 할 수 있다는 마음으로

용진캠프 지음

강한별

목차

Chapter 2

안 되는 걸 되게 하기 위해서는 ₄₉
간절한 노력이 필요하다

Chapter 3

인생의 성공만이 아름다움은 아니다

무엇이든 할 수 있다는 마음으로

무엇이든 할 수 없다고 생각되는 순간
큰 절망에 빠져 버린다.
무엇이든 할 수 없다고 생각되는 순간
나 자신의 존재는 한없이 작아진다.
타인과 비교하게 되고
그동안 잘 쌓아두었다고 생각한 탑들도
한 번에 뭉그러지며
겨우 버텨가던 마음도 함께 무너진다.

'나는 무엇이든 할 수 없다.
그리고 앞으로도 잘할 수 없을 것이다.'

그 생각이 수많은 걱정과 고민을 만들어내며
마음에 거친 불안감을 심어 놓는다.

나도 그런 적이 있었다.
아니 어쩌면 살면서 용기가 필요한 매 순간에
그러한 마음을 만나게 된다.

이 책은 육군사관학교를 자퇴하고
오랜 방황이 선물한 통찰 이후,
서울교육대학교를 졸업하고
밤을 걷는 대리기사를 하게 된 이야기다.

그렇게 한푼 두푼 아껴 전 세계 모든 대륙을 여행하며
한 인간으로 성장해나가는 이야기다.

세상이 만들어 놓은 행복의 기준을 따르지 않고
어쩌면 남들이 보기에 무모한 나만의 행복을 찾아간
이야기.

처음부터 끝까지. 매 순간에. 무엇이든 할 수 있다는
마음으로.

자신이 정말 원하는 삶을 찾을 수 있는
용기가 필요한 누군가에게,
혹시나 무엇이든 도저히 할 수 없다고 생각되는
힘든 시간을 보내고 있는 누군가에게,
나의 이야기를 통해
"당신은 무엇이든 할 수 있는 사람이다."
라는 마음이 전해지길 바란다.

아마존 정글의 한 고무나무 그루터기에 앉아
당신을 초대하는 편지를 쓰며,

용진캠프

Chapter 1

무엇이든
할 수 있다는
마음으로

나는 세계를 여행하는 대리기사다

누군가가 내게 직업이 뭐냐고 묻는다면 망설임 없이 대리기사라고 대답할 것이다. 좋은 대학교를 나와 왜 대리기사나 하고 있냐고 냉소적으로 보는 사람들이 많았고, 심지어 비웃는 사람도 있었다. 그런 부류의 사람들은 직업에 귀천이 없다는 걸 이해하기 힘들 거다. 어떤 일이든 즐겁게 할 수 있다면 그 일이 바로 가장 고귀한 천직임에도 말이다.

인생은 화려한 성공을 그리는 게 전부가 아닐 거다. 쳇바퀴 돌 듯 진부하게 반복되는 일상에 신선한 자극이 필요한 이들에게 내 작은 인생 이야기가 도움이 되길 바란다.

바다를 품은 고장에서 태어나 줄곧 푸른 바다와 하늘이 맞닿은 수평선을 바라보고 섰다. 아득한 수평선 너머로 펼쳐진 미지의 세상을 그리며 훗날 모험가가 되어 세계를 누비는 모습을 꿈꿔 왔다. 꿈의 씨앗은 시간이 흐르자 나무로 자랐고 결국 숲이 되었다. 후술할 '거친 삶' 속에서 시대의 관습에 짓밟혀도 잡초처럼 다시 일어나 이 자리에 섰다. 그렇게 지금 당신에게 이 글을 써가고 있다. 당신의 삶을 변화시킬 진한 향기의 에세이가 되기를 바라면서….

어느덧 대한민국 여행 크리에이터 최초, 그리고 대리기사 최초로 세계 100개국이 넘는 나라를 여행하고 있다. 매년 여행 국가는 계속 늘어나고 있으며, 코로나

19 사태 직전에는 1년에 약 30개국의 나라에서 여행 생방송을 진행했다. 세계여행 과정을 라이브 방송으로 송출하며 수많은 시청자와 함께 하는 이유는 세상을 있는 그대로 투명하게 보여주고 싶기 때문이다.

그렇게 모든 여정을 실시간으로 쌍방향 소통하며 시청자들과 함께 만들어 가고 있다. 단순히 여행만 하는 것에 그치기보다 여행 국가의 현지 친구들과 국제 교류하며 그들의 문화를 배우고 대한민국을 알리기 위해 노력하고 있다.

한국에 있을 때는 대리기사를 하며 세계여행 경비를 모으고 있는데, 이 또한 라이브 방송으로 송출하며 시청자들에게 생생한 삶의 현장을 공유하고 있다. 지금까지 많은 대리고객을 모시며 생방송 참여를 기꺼이 허락해주신 분들과 '대한민국 행복방정식'이라는 주제로 소통해 왔다. 대한민국을 살아가는 많은 소시민이 생각하는 행복의 의미에 대해 인터뷰 콘텐츠로 담아가

고 있다. 어느덧 1,000명이 넘는 대리고객들의 목소리
에 귀를 기울이며 세상을 배워가고 있다.

'더 이상 하루도 살기 싫다.'

15년 전 내 머릿속을 떠나지 않던 생각이다. 불안장
애는 내 삶을 송두리째 망가뜨리고 있었다. 괴로운 생
각이 실타래처럼 뒤얽힌 관념의 감옥이 언제 끝날지 몰
라 다음 생을 기약하며 바다에 몸을 던졌다. 바닷물 속
에서 허우적대고 있을 때, 누군가의 따뜻한 손에 의해
건져진 것 같다. 혼미해졌던 정신이 돌아왔을 때는 기

진맥진한 채로 뭍에서 숨을 거칠게 몰아쉬고 있었다.

그렇게 극단의 선택을 해서라도 일말의 희망조차 막혀버린 심리적 고착 상태에서 벗어나고 싶었다. 뭘 해도 부자연스러운 심신 상태를 탈피하길 원했다. 다시 예전처럼 자유로워지고 싶었다.

강박증, 우울증, 공포증, 공황장애 등을 통칭하는 불안장애를 앓고 있는 인구가 급격하게 많아지고 있다. 각박한 환경은 사람을 과도한 스트레스에 노출시키고 다양한 종류의 정신적 아픔을 겪게 만든다. 실제로 절반 이상의 현대인들이 이런 정신적 아픔을 한 번쯤 겪어봤거나 겪고 있다고 한다. 이런 심리적 오점을 스스로 극복해보려고 매달릴수록 그 부분만 신경 쓰이고 일상생활을 영위하기 힘든 지경에 놓이게 된다. 불안장애가 너무 괴로운 나머지 극단적인 선택을 하기도 하는데, 과거에 직접 겪어본 사람으로서 그 괴로움과 아픔에 충분히 공감한다.

그럼 어떻게 하여 불행한 시간을 이겨내고 행복 충만한 지금의 삶을 되찾을 수 있었을까? 이렇게 될 수 있었던 과정을 되짚어보기 위해 잠시 학창 시절로 시간을 돌려보겠다.

어린 나이에 학업 스트레스를 극심하게 받으면 불안장애가 찾아오기 쉽다. 경기도에서 부부 교사 생활을 하셨던 부모님께서는 자식 교육을 위해 빚을 져서 서울로 거주지를 옮기셨다. 시골 자연 속에서 뛰어놀던 아이가 갑자기 바뀐 경쟁적인 교육 시스템에 적응하기가 쉽지는 않았다. 취약한 심리 상태에 더해 급격한 환경의 변화가 가져온 불안감 속에 본태성 진전증의 일종인 서경이라는 병이 생겼다.

서경은 글을 쓸 때만 되면 심리적 문제로 손이 떨리는 병이다. 삐뚤빼뚤 글을 제대로 쓰지 못해 학업에 큰 지장을 받았다. 아무리 열심히 공부해도 시험 시간 안에 답안지조차 제대로 채우기 힘들었다. 남들은 겪지 않아도 될 상황에 괴로워하며 방황을 했고 열심히 해 봤자 손이 떨려 능률은 오르지 않자 성격은 더 예민해져만 갔다. 결국, 계속되는 압박감과 스트레스에 심리 상담 센터를 다니게 되었다. 하지만 큰 차도는 없었다.

옆 친구가 다리 떠는 것, 시계 똑딱이는 소리, 피부에 닿는 옷깃의 촉감 등 다양한 소재들에 신경이 날카로워졌다. 불안감은 이윽고 공황장애로도 발현되었다.

공황장애가 뭔지, 강박증이 어떤 건지 몰랐던 친구들에게 나는 점차 이해되지 않는 행동을 하는 이상한 사람이 되었다. 친구들과 어울리며 즐겁게 지냈던 학창 시절은 과거가 되고 자연스럽게 왕따가 되었다. 그렇게 또래들과 동떨어져 외로운 감정에 익숙해져 갔다. 학창 시절 내 색깔이 뭐냐고 물었던 심리상담사에게 이렇게 대답했었다.

"어둠이요."

불안장애를 앓기 전, 친하게 지냈던 친구들 대부분이 나에게서 등을 돌렸다. 실망감과 함께 서러움이 북받쳐 올랐다. 내가 처한 상황에 따라 달라지는 우정을 보며, 상대방이 처한 조건에 따라 가까워지고 멀어지는 사람이 되지 않겠다고 다짐했다.

예부터 누군가가 잘 되고 있으면 그와 가깝게 지내려고 그의 집은 문전성시가 된다고 했다. 그러다가 그가 망하면 대부분 이들이 그에게서 돌아서 버린단다. 세상을 살다 보면, 인생 그래프가 상승 곡선을 그릴 때도 하강 곡선을 그릴 때도 있다. 상승 흐름을 탈 때 모이는 이들보다는 절망과 좌절의 순간에도 당신 곁에 머물며 함께 해주는 이들이 진정한 '내 사람'일 거다.

'이유'에 의해 멀어져 버리고 마는 부질없는 관계보다는 '조건과 상황'을 초월할 수 있는 진짜 인연을 찾아보자.

중학교 3학년 겨울방학, 동네 서점에서 마치 당시 소외된 내 모습처럼 서가 구석에 처박혀 먼지가 뽀얗게 쌓여있는 책 한 권을 발견하게 되었다. 미국의 심리학 교수 웨인 다이어 박사가 쓴 '네 마음을 바꾸면 인생이 달라진다.'라는 책이었다. 지금은 절판되어 시중에 더 이상 나오지 않는 이 책은 내 삶의 많은 부분을 바꿨다. 삶의 결정권을 외부 요소에 넘겨주지 말고 주도적으로 개척하며 끊임없이 성장해 나가야 한다는 책

속의 내용은 큰 울림이 되었다.

덕분에 불안장애로 피폐해져 갔던 심리 상태의 많은 부분을 개선할 수 있었다. '삶의 흐름 속에서 적재적소에 책 한 권을 만나면 운명을 획기적으로 전환할 수 있다.'라고 하는데, 이 책이 바로 그런 책 중 한 권이었다.

중학교 때 공부 못하던 학생이 갑자기 고등학교에 올라가 반 1등을 도맡아 하자 담임선생님은 적잖이 놀라셨다. 더는 불안장애 때문에 괴로워할 필요가 없어진 것만 같았고, 점차 친구들 사이에서 공부도 잘하고 놀기도 잘 노는 인기 많은 친구가 되었다. 모든 것이 꿈만 같았다.

하지만 한 번 발현된 불안장애는 강도만 변화할 뿐, 삶 속에 기생충처럼 서식하고 있었다. 이러한 심리적 아픔에서 벗어나고 싶은 마음에 오랜 시간 심리상담 센터를 다니기도 했지만, 당시 경제적으로 많이 힘들어진 부모님께 심리상담 비용까지 부담 드리기 싫었다.

대신, 마음속의 어두운 그림자인 불안장애를 내 힘으로 치유하고 말겠다는 결심으로 심리학 관련 서적을 닥치는 대로 읽었다. 하지만, 여러 심리학책 중 프로이트의 '정신분석의 이해'를 읽어보고는 더 큰 불안감의 소용돌이에 빠지게 됐다. 정신분석학의 아버지로 불리는 프로이트는 그 책에서 삶의 목적과 미래보다는 원인과 과거가 인간의 심리 상태를 결정짓는다고 강조하고 있었다. 인과적으로 만들어진 무의식을 개인 스스로가 어떻게 할 수 없다는 데서 무기력해져만 갔다.

그렇게 책은 인생의 흐름 속에 나를 살리기도 나를 가두기도 했다.

2002년 내 인생의 첫 대학교였던 육군사관학교에서 기훈 때, 자퇴하고 나와 PC방에 박혀 게임만 하며 폐인처럼 살았다. 스타크래프트 게임 속 가상 세계에 빠져 살며 현실 속 불안한 심리 상태를 잠시나마 잊을 수 있었다. 그렇게 온라인 게임에 중독되어 갔다. 현실과 가상의 경계가 모호해져 갈 때쯤, 나는 여행을 시작했다.

사실 말이 여행이지 도피에 가까웠다. 당시 어머니께서는 하라는 재수 공부는 안 하고 동네 PC방을 전전하고 다니는 나를 찾아다니시며 울기도 정말 많이 우셨는데, 지금 생각해봐도 그런 불효자식이 없었다. 어머니의 시선을 벗어나고 싶은 마음 반, 생각을 정리해 악순환의 고리를 끊고 싶은 마음 반으로 국토 순례를 하겠다며 집을 나왔다.

처음에는 모아두었던 돈으로 여행 경비를 충당했는데 돈이 떨어지자 하역일, 접시닦이일, PC방 카운터 아르바이트 등을 하며 첫 장기 여행을 이어갔다. 1년 반가량 집과 떨어져 전국 방방곡곡을 정처 없이 떠돌았다.

출가 초기 대전광역시에서 몇 개월, 광주광역시에서 몇 개월, 부산광역시에서 몇 개월을 PC방에서 먹고 자고 하며, 게임을 하러 온 건지 여행을 하러 온 건지 모르게 지냈다. 그러다 어느 날 PC방 화장실의 거울을 봤는데 퀭한 눈과 초췌한 얼굴의 낯선 사내가 서 있었다.

'이게 바로 내 모습이라니⋯.' 한참을 물끄러미 바라보다 이내 서글퍼졌다. 거울 속의 나는 현실 세계에 대한 의욕을 잃고, 가상 세계에 빠져 지내며 아까운 청춘의 시간을 좀먹고 있었다.

갑자기 정신이 번쩍 들었다. '이제부터라도 PC방에만 머무는 대신, 여행하며 경험을 쌓는 비중을 늘려보자.' 내면 성찰에 의한 다짐은 나를 현실 세계로 잡아끌었다. 다시 세상으로의 문을 두드리게 되었다. 나를 찾아 떠나는 진짜 여행은 그렇게 시작됐다.

국토 순례를 이어나가기 위해서는 돈이 필요했고, 이런저런 아르바이트 일을 찾아서 하게 됐다. 몇 주간은 1톤 트럭을 타고 전국의 중학교, 고등학교를 돌며 각 반에 학습지와 전단을 날라주는 일을 했다. 무거운 물건을 옮겨야 했지만, 아르바이트 일당 외에 밥값이 따로 나왔고 모텔 숙박도 제공되었다.

여행 경비를 아끼려고 밤이 되면 PC방에 들어가 쪽잠을 청하며 여행을 이어오던 차에 모처럼 침대에서

잠다운 잠을 잘 수 있었다. 같이 일하던 세 명이 모텔 방 하나를 함께 썼기에 비좁기도 했고 동료의 코 고는 소리가 신경 쓰이기도 했지만 오랜만에 단잠을 잘 수 있었다. 집에서는 당연한 잠자리겠지만 나는 지금도 그때의 행복감을 잊지 못한다. 우리네 인생은 PC방 쪽잠 같은 불편함을 겪고 나서야 비로소 평범함이 가져다주는 소소한 행복을 온전히 느끼게 된다.

다음 날 아침, 일찍 일어나 동료들과 1톤 트럭에 실린 학습지와 전단을 나눠주러 주위에 있는 고등학교로 향했다. 나를 이방인처럼 쳐다보는 학생들의 시선이 느껴졌다. 당시에는 비슷한 나이대의 친구들이었기에, 얼굴이 화끈거려왔다. 무거운 학습지, 전단 꾸러미를 각반 교실로 나르자 땀이 흥건해졌다. 복도를 걷다가 문득 교실 밖으로 들려오는 학생들의 왁자지껄 소리가 부러워졌다. 학교로 등교해 미래를 꿈꾸며 공부하고 있는 그들의 모습은 불과 몇 해 전 나의 모습이기도 했다.

어찌 보면 그때가 좋은 시절이었다는 걸 깨달았다. 어떤 위치에 처해 있느냐에 따라 삶의 시선은 변화되고 있었다. 당연했던 어제의 모습은 사실 당연하게 여기며 지나치고 말 것이 아니었다. '우리가 당연한 것이라고 생각하는 오늘이 어제 죽은 이에게는 그토록 갈망하던 내일이었다.'라는 말처럼 결핍은 일상의 소중함을 알게 해주었다. 지금, 이 순간, 누리고 있는 환경의 조건에 대해 당연하게 생각하지 말고 매사에 감사할 수 있는 마음을 가져야겠다고 다짐했다.

조용한 기적

  국토 순례를 하는 동안 대한민국의 여러 섬에 들르게 되었다. 거제도에서 유람선을 타고 들어가는 외도는 천국에 온 것처럼 아름답게 꾸며놓아 감탄이 절로 났다. 제주도에서 여객선을 타고 들어가는 마라도는 대한민국 최남단의 섬을 밟아본다는 의미 외에 신기한 기암괴석과 해식동굴을 볼 수 있어서 기억에 지워지지 않는다. 육지 생활을 할 때는 접하기 힘들었던 우리의 섬은 한반도를 둘러 보석처럼 밝게 빛나고 있었다.

전라남도 흑산도는 매우 예쁜 섬이기도 하지만, 특히 그곳에서 바다낚시를 하며 우연히 만난 현지 노인분의 조건 없는 호의가 생각난다. 섬에 도착한 날에 큰 물고기를 잡아보겠다고 찌를 바다로 던져보았지만, 시간이 가도 아무것도 잡히지 않았다. 시간의 공백 속에 옆에서 낚시하시던 어르신이 살갑게 말을 걸어왔다. 당신도 젊은 날, 전국을 일주하며 방황을 많이 하다가 이곳에 정착하게 되었단다. 그렇게 말동무가 된 어르신은 나를 선뜻 자신의 집으로 초대했다. 허름하지만 언덕 위에서 바다가 한눈에 바라다보이는 멋진 집이었다.

그곳에서 홀로 사는 어르신은 아무 연고도 없는 나에게 맛있는 저녁은 물론 늦었다며 하룻밤 숙박까지 제공해 주셨다. 너무 죄송스러워서 돈을 드리려고 지갑을 꺼내자 젊은이가 돈이 어디 있냐며 한사코 만류하셨다. 젊은 시절 무전 여행할 때, 당신 역시 사람들로부터 따뜻한 호의를 받은 적이 있었다며 이제는 이렇게 베풀 수 있어서 다행이라고 하셨다. 타지에서 온

한 청년에게 아무 조건도 없이 베푸는 포근한 환대에 마음이 뭉클해졌다. 그런 어르신께 뭐라도 해드리고 싶어서 의중을 여쭤보고 설거지와 집 안 청소를 해드렸다.

아무런 대가를 바라지 않고 베푸는 호의….
그렇게 누군가에게 베푸는 친절은
사람들의 추억을 넘어 전해진다.
그리고 생명체처럼 자라 이내 사회 곳곳으로 퍼져나간다.
사실 아름다운 세상은 그리 멀리 있지 않다.
우리가 함께 만들어 가고 있는 거다.
일상에서 베푸는 작은 친절이 모여
모두가 살만한 세상이 되어가고 있다.

다짐

'광야를 떠돌다가 마음의 깨우침을 얻어 해탈의 경지에 이른 옛 성인들처럼 이 정신적 번뇌를 극복할 수 있을까?'

국토 순례를 통해 여러 가지 일들을 겪으며 이런저런 깨달음을 얻고 있었지만, 내 마음의 평화는 아직 요원했다. 그때까지도 여행 중 드문드문 강박증, 우울증, 공황장애가 번갈아 가며 사유의 자유를 속박하고 있었다.

비가 추적추적 내리는 어느 날, 온몸으로 비를 맞아 가며 인적 없는 강화도 마니산 참성단에 올랐다. 곪아 버린 마음의 상처를 흐르는 빗물에 깨끗이 씻어내고 싶었는지 모르겠다. 10년이면 강산도 변한다는데, 이 마음의 병은 왜 머릿속에 단단히 똬리를 틀고 사라지지 않는 걸까? 이게 해결되어야 뭐라도 손에 잡힐 것 같았다. 일상으로 복귀할 수 있을 것 같았다.

포기할 수 없었기에 뭐라도 해야 했다. 지푸라기라도 잡고 싶은 심정으로 민족의 영산 마니산 정상에 올랐다. 저 멀리 바다가 바라보였다. 마치 세상의 끝에 서 있는 듯 적막감이 감돌았다. 돌아온 날에 대해 생각하고 또 생각하다가 온몸으로 처절하게 울부짖었다.

"나는 이 쓰라린 시련을 반드시 극복하고 만다."
"나는 언젠가 이 정신적 압박감에서 벗어나 다시 자유로운 삶을 살고 말 거다."
"언젠가 삶의 구렁텅이에 갇혀 버린 사람들에게 희

망을 줄 수 있는 사람이 될 거다."

바로 그곳에서, 공간은 내가 되고, 나는 공간이 되었다. 그날의 다짐을 인생 속에서 절대 잊지 않기로 했다.

시간의 흐름 속에 기적처럼 불안장애가 완치되었다. 돌이켜보면 지금처럼 불안장애가 완전히 사라지게 된 건 물아일체로 외쳤던 그날의 다짐이 일조를 한 것 같다. 우리가 인생을 살아가다 보면 절망적인 상황들이 계속해서 펼쳐질 수 있다. 하지만 어떤 상황에서도 결코 포기하지 말고 부딪혀 나가며 다시 일어나고 또 다시 일어나야 한다. 멈춰만 있지 말고 앞으로 걷고 또 걸어보자. 무엇이든지 시도하고 두드리다 보면 분명 우리의 길은 열릴 거라고 확신한다.

그게 바로 우리의 인생이고 우리가 살아가고 있는 이유다.

1년이 훌쩍 넘는 국토 순례를 마치고 집에서 멀지 않았던 교보문고에 살다시피 했다. 주로 심리학 분야의 서적을 읽었지만, 해외여행 관련 책들도 함께 다독하게 되었다. 그때부터 이역만리 미지의 세계를 직접 가서 경험해보고 싶었다.

하지만 당시 우리 집의 경제적 사정은 크게 나아지지 않았다. 허름한 빌라 1층에 세 들어 살고 있었으며,

부모님은 그 보증금마저 빚져서 마련했다. 당시 빚 이 자만 해도 월 몇 백만 원이었으니, 돈을 갚기도 벅찬 부모님에게 손을 벌리는 건 말도 안 됐다.

가고 싶던 해외여행은커녕 당장 성인으로서 살아갈 돈이 필요해 대리기사 일을 시작했다. 낮에는 서점에 서 서적을 탐독하며 마음의 양식을 쌓았다면, 밤에는 대리기사가 되어 대리고객들이 들려주는 인생 이야기 에 귀를 기울였다.

대리고객들은 술이 알딸딸하게 취해 있는 데다가 그들에게 익숙한 자가용 안의 안락함 때문인지 낯선 대리기사에게 마음 안에 담고 있던 생각들을 술술 풀 어놓았다. 그들의 생동감 있는 인생 경험담 속에서 많 은 것을 배울 수 있었다. 그 공간은 대리기사로 밤을 달리던 나에게 살아 숨 쉬는 교육의 장이 되었다.

대리기사라는 직업은 돈을 벌게도 하지만 다양한

사람들이 들려주는 이야기를 통해 삶이 만들어준 깨달음까지 얻어갈 수 있으니 정말 보람 있는 일이었다. 때로는 마음이 통하는 사람들도 만났다. 그런 이들과는 이후에도 좋은 인연으로 남아 술 한 잔 기울이며 인생을 이야기하는 관계로 발전하기도 했다. 오늘도 그들과 함께 더 멋진 미래를 그려나가고 있다.

　그러다가 군대에 가게 되었고, 군대 전역 후 대입 수학능력시험 공부를 다시 시작했다. 스스로 불안장애를 해결하기 위해 독학으로 시작했던 심리학 공부도 틈틈이 함께했는데, 인간의 심리적 믿음에 따라 심신의 건강 상태 및 학업의 역량 등이 좌우될 수 있다는 '믿음 체계 이론'을 정립해보고 있었다. 그리고 이를 교육 분야에 접목해보고 싶어졌다.

심리학 이론이 바탕이 된 교육으로 누군가의 삶을 긍정적인 방향으로 변화시킬 수 있다면 보람될 것 같았다. 적어도 내가 겪은 심리적 고통과 시행착오를 겪을 인생 후배가 더는 없었으면 했다. 자연스럽게 교육학과 심리학을 모두 기본 교양으로 수학할 수 있는 서울교육대학교에 입학하게 되었다. 세부 전공은 대학교 합격 발표 후 결정하게 되었는데 가족과 상의해 영어교육학을 선택했다. 당시 전국에는 영어 교육 열풍이 불고 있었다. TED를 보면서 훗날 세계 곳곳의 많은 사람에게 감동을 줄 수 있는 강연을 하고 싶었다. 그러기 위해서는 나 역시 실용 영어에 능통해야 했다.

하지만 막상 대학교에 입학해 배우게 된 영어는 문법과 영어 교수법에 치중되어 있었다. 영어 회화 실력을 키우기 위해서는 외국 친구들과 대화할 기회를 조금이라도 더 많이 가지는 게 나아 보였다. 그래서 일부러 거리에서 외국인을 보면 말을 붙여보곤 했다.

'해외여행을 떠난다면 영어로 소통할 기회가 더 많아질 텐데….'라는 생각과 함께 국토 순례를 통해 새로운 환경을 경험하며 정신적으로 얼마나 크게 성장할 수 있었던가를 떠올렸다. 새로운 세계로 여행을 떠날 수 있다면 인생에 대해 더 많은 통찰을 할 수 있을 것 같았다.

대학교에 입학하기 전부터 오랫동안 서초동의 무지개 독서실이란 곳에서 총무 일을 하고 있었는데, 아르바이트 월급에서 생활비를 제외한 돈을 차곡차곡 저축해두고 있었다. 일전에 하역일, 예식장일, 대리기사일, 군 복무를 하며 모아둔 돈과 합쳐보니 어디든지 장기간 훌쩍 떠날 수 있었다. 덕분에 서울교육대학교 1학년 여름방학 때, 처음으로 해외여행을 떠났다.

영국 런던 IN, 프랑스 파리 OUT 50일가량의 일정이었는데 유럽을 크게 시계 방향으로 돌았다. 그 길지 않은 시간 동안 벨기에, 네덜란드, 독일, 체코, 헝가리,

오스트리아, 리히텐슈타인, 이탈리아, 스위스, 스페인, 모나코 등 정말 많은 나라를 여행했다. 여러 나라가 옹기종기 모여 있는 유럽 대륙은 나라마다 개성이 뚜렷했기에 계속 이동하며 새로운 환경을 경험할 수 있었다.

유럽에는 여러 회사의 기차를 지정된 기간 자유롭게 이용할 수 있는 유레일 패스가 있다. 만 27세 전까지는 유레일 패스를 35%나 할인해서 구매할 수 있는 덕분에 저렴하게 이곳저곳을 이동할 수 있었다. 간혹 유레일 패스로 갈 수 없는 구간들도 있었기에 따로 지역 구간 기차나 버스를 이용해 이동했다.

어떤 나라에서는 하루만 있기도 했고 어떤 나라에서는 5일 밤 이상을 지내기도 했다. 여행 경비를 아끼기 위해 종종 노숙하기도 했고 숙소를 잡게 되면 주로 호스텔이나 한인 민박을 이용했다. 평소에 여행 관련 서적을 읽어오긴 했지만, 실전에 들어가 보니 모든 과정이 낯설고 실수투성이였다. 하지만 난생처음 만난 외국 친구들과 손짓, 발짓으로 어떻게든 대화해보는 게 무척 재밌었다.

한국에서 볼 기회가 없던 이국적인 경치들에 얼마나 감탄사를 연발했는지 모른다. 고풍스러운 유럽 건물들의 모습, 아름다운 자연경관들을 가슴 속에 한가득 담았다. 세상이라는 편지를 열자 정말 많은 이야기가 펼쳐졌다. 그렇게 마음의 가지는 더 넓은 세계를 향해 무럭무럭 자라고 있었다.

Chapter 2

안 되는 걸 되게 하기 위해서는
간절한 노력이 필요하다

걷고 또 걷고

　영국 런던은 비가 추적추적 내리기 일쑤다. 한국과 달리 우산도 없이 비 맞으며 걸어가는 영국인들의 모습이 낯설게 느껴졌다.

　"존, 너희가 우산 안 쓰고 다니는 건 자주 내리는 비에 익숙해져서 그런 거야?"

　"그런가? 그것보다 대부분 이슬비로 내려서 맞아도 옷이 별로 젖지 않아서 그럴 거야. 그리고 여긴 비가 깨끗한 편이거든."

존은 런던의 한 호스텔 도미토리에서 함께 지내던 친구였다. 북아일랜드에서 왔는데, 내가 호스텔로 오기 전부터 6인실 방의 2층 침대 한 칸을 차지하고 있었다. 이친구 말에 의하면 영국은 비가 워낙 자주 내려서 오히려 하늘에 먼지도 없고 빗방울 역시 깨끗하단 거였다. 이게 과학적으로 맞는 말인지는 모르겠지만 일리가 있겠다 싶었다. 뭐든 자주 씻을수록 깨끗해지는 법이니까. 런던 거리를 적시는 시원한 비를 바라보며 마음 안의 번뇌도 이 빗물에 씻겨 내려가길 희망해봤다.

이곳에 머물던 며칠 동안 내셔널 갤러리, 대영박물관, 빅벤, 런던아이, 타워브리지, 케임브리지 대학교, 그리니치 천문대 등 유명 관광지는 대부분 돌아다녀 보았지만, 가장 기억에 남는 장소는 오전의 햇살에 반사되어 밝게 빛나던 세인트 제임스 파크였다.

웨스트민스터 사원에서 버킹엄 궁전으로 걸어갈 때 우연히 가로질러 가게 되었는데, 너무 깨끗하고 평화로워서 마치 천국을 걷는 것 같았다. 한가롭게 잔디와 공원 길을 가로질러 뒤뚱뒤뚱 지나가는 오리 가족은 사람을 전혀 무서워하지 않았다. 청설모는 공원길 한복판에서 도토리를 까먹다가 사람이 다가오면 곁눈질만 한 번 하고는 그 자리에 그대로 서서 제 할 일을 했다. 순간, 동물과 인간이 대화하며 함께 살아가는 만화 안에 들어와 있는 것 같았다.

호수에 유유자적 평화롭게 떠 있는 백조를 물끄러미 감상하다가 다리도 풀리고 마음도 풀려 그대로 벤치에 앉아버렸다. 버킹엄 궁전에서 시간 맞춰 진행하는 근위병 교대식에 늦을 걸 알면서도 그 자리에 그대로 멈춰있었다. 모든 생각을 놓아버린 채, 혼자 멍하니 몇 시간을 보냈다. 모처럼 환한 날씨에 햇볕은 너무나도 따스했고, 미풍의 작은 흔들림이 일상에 치여 까슬까슬해진 마음을 어루만져주었다. 삼삼오오 잔디에 앉아 이야기꽃을 피우며 삶의 여유를 만끽하는 영국인들의 삶이 부러워졌다.

세인트 제임스 파크는 영국에서 가장 오래된 왕립 공원인데, 오래전부터 개방되어 런던 시민들의 휴식처가 되어왔다. 유구한 역사 속에 수많은 런던 시민들에게 마음의 안식처가 되어준 공원이 먼 동양에서 날아온 낯선 이방인에게도 푸른빛 속살을 내주었다. 우연히 마주한 평화로운 감정의 여운을 이어가기 위해 버킹엄궁 근위병 교대식 구경 일정은 다음 날로 미뤄둔 채, 그린 파크, 하이드 파크 등 런던의 다른 공원을 걷고 또 걸었다. 빗방울을 머금어 깨끗해진 하늘처럼 공원의 녹음에 흠뻑 젖은 내 마음도 맑게 정화되어 갔다. 천국은 그곳에서 멀지 않은 곳에 있었다.

여행하다가 다른 세계를 거닐 때면
지금까지 보지 못했던 아름다운 공간들을 마주하게 된다.
추억의 서랍장을 열어 이곳의 전경을 담아두자.
일상의 모든 근심과 걱정을 내려놓고
힘겨웠던 삶에 쉼표를 찍어보자.
다시 반복되는 일상에 부대껴 지치고 힘겨울 때,

이 순간을 떠올리며 다시 한번 더 힘차게 살아가리라.

네덜란드 수도 암스테르담을 걷던 중 센트럴 역 앞 운하에서 여러 관광 회사의 운하 크루즈가 정박해 있는 것을 보았다. 이 운하 크루즈를 타면 1시간가량 도시 곳곳을 둘러볼 수 있는데, 티켓 가격도 합리적이기에 나 또한 암스테르담을 방문하는 관광객 대부분처럼 이 운하 크루즈에 탑승해보았다. 크루즈가 출발하자 처음 잠깐은 신기했지만, 곧 지루해졌다. 배 안에서 뭍 위로 쳐다보는 암스테르담 도시 풍경이 거기서 거기라 밋밋한 느낌을 받았기 때문이었다. 평소 책으로만 전해 들었던 깨끗한 이미지의 네덜란드와 다르게 운하는 우리나라 서해 물처럼 탁한 편이었다.

크루즈 노선 중간에 안네 프랑크 하우스 쪽에 내릴 수 있어서 이곳을 구경하기로 했다. 유대인 소녀 안네와 가족들이 아우슈비츠 수용소로 끌려가기 전에 숨어 지냈던 곳인데, 많은 사람의 눈시울을 적셨던 '안네의 일기'가 탄생한 곳이기도 하다. 길게 늘어선 대기 줄을 기다려 입장하게 된 좁은 다락방은 역사적 흔적들과 함께 그대로 보존되어 있었다.

나치에 의해 인간의 자유와 존엄이 무참히 짓밟힌 채 낮에는 침 넘기는 소리조차 내지 못하며 숨어 지내던 유대인 소녀 안네는 그곳에서의 생활을 '천국과 같은 생활'로 표현했다고 한다. 고난을 행복으로 승화한 명랑한 소녀 안네는 해방을 몇 달 남기지 않은 어느 날 밀고자에 의해 발각된다. 그녀는 이내 열악한 환경의 수용소로 끌려갔고 그곳에서 전염병에 걸려 사망한다.

그녀가 말년에 2년 넘게 숨어 살며 일기장에 기록해 간 그날의 참상은 그 역사적 장소에 섰던 나에게 시공을 넘어 다가왔다. 그녀는 이 음지 속에 갇혀 살며 태양 빛 아래 뛰어노는 것을 얼마나 그리워했을까? 빛 대신 어둠을 먹고 자란 그녀와 친언니의 키 변화 상태를 표시한 벽 한쪽에 있던 눈금에 마음이 쓰라렸다. 이렇게 키를 재며 눈금으로 표시했던 그녀들의 어머니는 이로부터 얼마 후 수용소에서 친언니를 어떻게 하려는 독일 경비병에게 반항하다가 이슬로 사라졌다고 한다.

참담한 비극은 모두 그곳에 고스란히 남아있었다. 우리 인류는 이런 비인도주의적인 만행을 결코 반복해서는 안 될 것이다. 나 역시도 인종차별이 없는 사회를 만드는 데 도움이 되는 사람이 되고자 마음 깊이 다짐했다. 갑자기 이런 의문이 생겼다. '이러한 일의 재발을 미리 방지하기 위해 소시민으로서 할 수 있는 것은 무엇일까?' 세상을 여행하며 눈앞에서 목격하는 인종차별 행태에 대해 그냥 피하기보다 강력하게 항의하리라. 어떤 인종차별주의자가 동양 사람에 대해 인종차별을 한다면 이에 당당하게 맞설 수 있는 용감한 사람이 되리라.

그때의 다짐 이후 오늘까지도 세계여행 중 인종차별 행위를 목격하게 되면 그냥 피하고 넘어가지 않게 되었다. 그렇게 인종차별 현장에서 이를 반대하고 참교육하는 유튜브 여행 영상들의 총 조회 수는 500만 뷰를 넘게 됐다. 많은 사람이 이 영상들을 보고 인종차별에 대해 쉬쉬하고 피하기만 해서는 안 된다는 사실에 공감하게 됐다.

인종차별?
사람은 인종에 상관없이
차별받지 않을 권리가 있다.
불의에 과감히 맞서는 우리들의 용기가
한국을 밝혔던 촛불의 꿈처럼 하나씩 모인다면
근절되지 않던 인류사의 해악은 자취를 감추게 될 거다.

세상을 품은 무수히 많은 별

　이탈리아는 북부와 남부 사이에 경계선을 만들어 놓은 것도 아닌데 두 지역의 환경이 사뭇 달랐다. 밀라노 같은 북부 도시들은 여느 유럽 도시들처럼 깔끔하고 현대식 건물들이 많아 도시적이었다면, 로마 같은 남부 도시들은 역사적인 유적지들은 많은데 거리에 쓰레기들이 널브러져 있고 부랑자들도 꽤 보여서 거칠고 어두운 느낌을 받았다. 여행하며 만난 현지 친구들의 말에 따르면 이탈리아 내에서도 북부 사람들이 남부 사람들을 자신들이 낸 세금으로 피 빨아 먹고 사는 게 으른 사람들로 안 좋게 보는 경향이 있다고 했다.

이건 이탈리아란 나라가 남북으로 장화처럼 길쭉하게 생긴 게 한몫해 보였다. 위도상 이탈리아 남부는 북부보다 훨씬 온난한 기후를 갖고 있다. 환경은 사람의 성향을 조금씩 바꾼다. 따뜻한 곳에 거주하는 남부 사람들은 부지런함보다는 느긋함을 미덕으로 여겼다. 그러다 보니 바쁘게 돌아가는 북부에 비해 상대적으로 발전이 더뎠다. 내가 여행할 시기에 유구한 관광 명소들이 곳곳에 있는 이탈리아 남부는 관광객들의 발길이 끊임없는 곳이었지만, 의외로 낙후되어 소매치기도 많았기에 관광에 주의해야 할 곳이라는 오명이 붙어있었다. 실제로 로마의 한 호스텔에서 소매치기를 당했다는 사람들도 만날 수 있었다.

다행히 나는 그런 경험을 하지는 않았고, 오히려 그들의 기후처럼 마음 따뜻한 남부 이탈리아인들의 모습을 봤다. 로마에서 기차를 타고 나폴리로 가다가 중간 기점에서 모두 내리기에 어쩔 수 없이 사람들을 따라 하차할 수밖에 없었다. 알고 보니 당시 내가 타고 온 기차는 거기까지만 운행하는 거였고, 그때 시간은 밤 10시쯤이었다. 게다가 내린 곳이 하필 칠흑 같은 어둠으로 둘러 쌓여있는 어느 시골 역사였다.

애초에 정보를 제대로 알지 못하고 잘못된 기차를 탄 초짜 여행자는 나밖에 없었다. 이탈리아어만 고집하는 역무원에게 손짓, 발짓하며 갈아타고 가야 할 나폴리행 기차가 언제 오는지 물어보았지만, 다음 기차는 날이 바뀌고 아침이 되어야 온다는 거다. 그때야 상황의 심각성을 인식했다. 졸지에 역사에서 노숙해야 할 처지에 놓였다. 오스트리아 비엔나 역사에서 여행 경비를 아낀다고 노숙해본 적은 있었지만, 여기는 시골인 데다가 주변이 숲으로 둘러싸인 야외라 모기떼가 극성이었다. 벤치에 앉아 눈을 붙이려고 하면 억센 모기떼들이 달려들어서 미칠 것만 같았다.

그때 누군가가 다가왔다. 이곳까지 오는 기차에서 내 옆에 타고 오셨던 백발의 할머니셨다. 영어는 전혀 못 하셨고 이탈리아어로 "그라찌에~ 그라찌에~"(이탈리아어로 고맙다는 뜻)만 연신 되풀이하셨는데 그때까지만 해도 이게 무슨 말인가 했었다. 날 잡아끄시기에 역무원을 통해 무슨 말씀을 하시나 들어보니 역사에 혼자 남겨질 것 같은 내가 너무 걱정되고 불쌍하다고 했다. 그 할머니는 감사하게도 역사에서 멀지 않은 자기 집에서 하룻밤 머물게 해주셨다. 낯선 이방인에게 조건 없이 베풀어주시는 할머니의 호의에 마음이 참 따뜻해졌다.

그날 밤 할머니가 내어주신 방 침대에 누워 창가를 보자 수많은 별이 환하게 빛나고 있었다. 누군가는 특정 지역 사람들에 대한 소문에 기대 부정적인 선입견을 품을 수 있다. 하지만 밤하늘에 무수히 많은 별이 각자 고유한 빛을 내듯, 한 지역에도 정말 다양한 사람들이 있다. 세상은 우리가 직접 경험하기 전에 함부로 정의하고 재단할 수 없는 법이다.

　밤하늘 모든 별이 각자의 빛을 반짝이듯이 우리는 모두 고유한 영혼으로 빛나고 있다. 어떤 이는 자신과 다르다는 이유로 옹졸하게 누군가에 대해 헐뜯겠지만 그 누군가는 세상을 환하게 밝히는 수많은 별빛의 은하수를 가슴에 품고 오늘을 행복하게 살아가고 있다. 세상은 서로의 다름을 포용하고 함께할 때, 온전한 은하수로 채워지는 법.

낯선 환경에 과감히 도전하라

스페인에서 가장 인상 깊었던 여행지는 바르셀로나였다. 바르셀로나에서 하늘로 우뚝 솟은 거대한 예술 작품을 보았다. 바로 스페인의 천재 건축가 안토니 가우디의 예술혼이 담긴 사그라다 파밀리아 성당이다. 기하학적 문양의 이색적인 이 건축물은 빼어난 건축미로 유네스코 세계유산으로 등재되어 있다. 한 폭의 사진으로 담기 힘들 정도로 웅장한 규모인 데다가 조각을 빚듯이 예술혼을 불어넣어 쌓아 올리고 있기에

1882년부터 지금까지 100년이 훌쩍 넘는 오랜 시간 동안 지어지고 있다.

가우디 사후 100년인 2026년 완공을 목표로 하고 있다가 최근 건축 기술의 발전으로 속도가 붙었다고 한다. 완공되는 해를 기념하여 사그라다 파밀리아 성당을 무료 개방한다고 하니 이 시점을 맞춰 스페인 바르셀로나에 재방문해 여행 과정을 생방송으로 송출해 볼 예정이다. 사실 바르셀로나 도시 곳곳에 가우디의 숨결이 스며들어 있었다. 이 천재 건축가 가우디는 다소 생소할 것 같은 곡선미를 자신이 설계한 건축물들에 절묘하게 녹여냈다. 사그라다 파밀리아 성당 외에도 구엘 궁전, 카사 밀라 등 그의 손에 의해 탄생한 곡선이 돋보이는 아름다운 건축물들이 이곳을 찾는 관광객을 매료시킨다. 선구자 한 사람의 장인 정신이 이토록 사회 환경 전체에 큰 영향을 미치고 있었다.

건축물에 국한되지 않고 자연을 모티브로 만들어진

가우디 특유의 예술 작품들로 가득한 구엘 공원이란 곳도 있다. 이곳은 원래 가우디의 오랜 친구이자 후원인 구엘의 사유지였던 곳인데 가우디의 예술 작품들을 대중과 함께 기리고자 개방하였다고 한다. 몇몇 작품들은 화려하면서도 기이하다는 느낌까지 받았는데, 기존의 건축술에 익숙해져 있던 좁은 시야를 넓힐 수 있었다. 특히 이곳에서 아름다운 건축물을 딛고 올라가 보면 지중해 바다를 끼고 있는 바르셀로나 시내가 한눈에 다 들어와서 속이 뻥 뚫리는 기분을 느낄 수 있었다.

이렇게 개운해진 기분으로 찾은 숙소는 시원한 바다가 보이는 한인 민박집이었다. 이곳은 한국 여성분이 자신이 사는 집을 개조해 민박집으로 사용하고 있었다. 어학연수를 왔다가 스페인 남자친구를 만나면서 바르셀로나에 아예 정착하게 되었단다. 그녀의 자상한 안내 덕분에 편안한 마음으로 머무를 수 있었지만, 스페인이라는 나라에는 생소한 게 한두 개가 아니었다. 특히 오후 2시에는 무더운 날씨를 피해 모두 불을 끄고 낮잠을 자는 시에스타 제도가 있었다. 낮잠을 자야 하는 시간이라고 하기에 그들과 마찬가지로 낮잠을 청하며 눈을 감아 보았다.

갑자기 한국과는 전혀 다른 환경에 정착해 살아가는 그녀의 용기가 너무 부러웠다. 그때 이런 생각을 했었다. '난 언제 저렇게 결단력 있고, 용기 있는 사람이 될 수 있을까?' 나는 사람의 성격은 바뀌지 않는다는 말을 믿지 않는 편이다. 그건 주어진 환경 속에 갇혀 새로운 도전을 망설이는 사람에게나 해당하는 말이다. 꿈을 품고 적극적으로 살아가는 인간은 멈추어 있기보다 끊임없이 발전해 나가기 마련이다. 여러분과 나는 여행을 통해 매 순간 새로운 세계를 모험하며, 낯선 환경을 경험해보고 있다. 모든 대륙으로 이어질 내 세계 여행기를 계속 함께 읽어나가며, 우리는 과연 삶 속에서 어떻게 변화하게 될지 지켜볼 일이다.

그래, 불안감을 떨치고 과감하게 이 문을 열어 보자.

행동하는 사람은 내면의 무한한 가능성을 끄집어낼 수 있다.

이제까지 알지 못했던 잠재력으로 거침없이 성장해 보자.

시대에 갇혀 있는 그 누가 뭐라고 해도 우리는 할 수 있다.

새롭게 빛나는 미래를 향해 우리만의 길을 걷자.

결국, 당신과 내가 최후에 웃게 될 거니까.

누드 비치에서 배운 인생 내공

흔히 사람들은 프랑스 하면 파리를 떠올린다. 파리는 베르사유 궁전, 에펠탑, 루브르 박물관 등 볼 것도 많고, 거리 식당에서 먹는 음식들도 대부분 맛있었다. 유럽 관광의 중심지 중 한 곳으로 불릴 만했다. 하지만 개인적으로 파리보다는 남부 프랑스의 한적한 해안가 도시들이 더 좋았다.

유레일 패스로 이탈리아 제노바에서부터 해안 기차

를 타고 모나코 공국을 경유해 프랑스 남부 도시 니스, 칸까지 가는 내내 창가로 드넓은 지중해가 보였다. 햇살에 반사되어 영롱하게 빛나는 지중해의 물결은 명주실처럼 자르르한 윤기를 머금고 있었다. 사실 니스와 칸은 모나코 공국과 나라만 달랐지 유사한 부분이 많았다. 도시가 모두 맑고 잔잔한 지중해를 품고 있었고 해수욕장 가에 형성되어 있는 부두에는 값비싼 흰색 요트들이 정박해 있었다.

현지인에게 물어보니 이 요트들은 대부분 개인용 요트라고 한다. 이 도시에 여유롭게 사는 사람들이 많다 보니 자가용 고급 요트를 사놓고 휴일이 되면 지중해 바다로 타고 나가 낚시나 수영을 즐기곤 했다. 칸과 니스 모두 풍광이 아름다워 왜 많은 예술가가 여생을 즐기러 이 두 곳을 찾았는지 알 것도 같았다. 이곳에 머물면서 지중해의 투명한 물처럼 마음이 맑아지고 있었다.

재밌는 점은 두 군데 모두 누드 비치가 있다는 거였다. 그리고 그 누드 비치는 나이 제한이 있는 것도 아니어서 미성년자도 편하게 들어갈 수가 있었다. 이쯤에서 이 글을 읽고 있을 미성년자 친구들의 초롱초롱해진 눈빛이 아른거린다. 나 역시도 호기심 때문에 그랬었으니까. 그날 따스한 햇볕에 많은 시민이 거리나 공원 곳곳에서 일광욕을 즐기고 있기에 누드 비치는 과연 어떤 모습일까 궁금해졌다. 칸느는 워낙 작은 도시라 머물던 호스텔에서 걸어서 불과 7,8분 거리에 누드 비치가 있었다. 쇠뿔도 단김에 빼라고 과감하게 성큼성큼 누드 비치로 걸어 들어갔다. 물론 로마에 가면 로마법을 따르라고 이곳의 규칙을 준수해서 과감하게 입고 왔던 옷을 벗어 던지고 말이다.

　결과는 이랬다. 누드 비치는 실상 할머니, 할아버지들의 천국이다. 누드 비치를 한 바퀴 둘러봤지만, 영화 속에서 봤던 비키니 몸매의 젊은 여성은 단 한 명도 못 봤다. 젊은 남성 역시 나 혼자인 것 같았다. 그 대신 신기하게도 할머니, 할아버지들이 꽤 많았다. 연세 지긋이 드신 어르신들께서는 태초의 아담과 이브가 되어 지중해의 푸른빛과 어우러진 따스한 햇볕 아래 몸을 누이고 계셨다. 갑자기 주변의 눈치를 보지 않고 자기 속살을 거침없이 드러내고 있는 그들이 존경스럽게 느껴졌다.

　'그래, 이게 바로 인생이다.'

남들이 어떻게 바라보는지 신경 쓰기보다
'삶의 순간'을 온전히 만끽하는 사람들의
인생 내공을 배우고 있다.
인생은 과거도 아니고 미래도 아니고 지금, 이 순간이다.
우리는 매 순간을 몰입해 살아야 한다.
내 인생의 주인공이 되어
매 순간의 선택권을 남이 아닌 내가 쥐고 선택하며
오늘 하루도 신명나게 살아보자.

　누드 비치에서의 깨달음을 뒤로한 채 첫 번째 유럽 여행을 무사히 끝마쳤다. 쑥스러움과 서툰 영어 회화 실력 때문에 외국인 친구들과 원활하게 소통하지도 못했고, 다소 어리숙해 보이기까지 했다. 이런 소싯적 모습이 있었기에 이로부터 10년이 넘게 흐른 지금, 많은 시청자와 생방송으로 함께 세계여행하며 다양한 국제 교류 에피소드를 만들어 갈 수 있게 되었을 거다. 사람은 부족한 과거의 모습을 딛고 부단히 성장하기에 아름답다.

여행으로 새로운 세상을 알아가고 있다. 여행하다 보면 사색의 기회가 많아지고 세상을 관조하게 된다. 끊임없이 펼쳐지는 새로운 순간들과의 만남을 통해 그동안 이것만이 정답이라고 느끼던 생각은 허물어지고, 또 다른 시각에서 세상을 바라보게 된다. 생각은 유연해지고 마음은 넓어진다. 여행으로 우리는 한층 더 성숙해져 간다.

이제 여러 해 동안 배낭여행을 하며 산전수전 겪고 난 후 세계여행이 어떻게 달라졌는지에 대해 조명해 보려 한다. 아시아 대륙에서는 몽골, 카자흐스탄, 브루나이, 네팔로 세계여행을 떠나려고 하는데, 네팔을 제외한 3개의 나라는 아프리카TV 생방송으로 시청자와 모든 여정을 함께 했던 여행국들이다.

보통 해외로 나가면 다른 여행 유튜버들과 다르게

하루에 7시간 이상은 아프리카TV(미국의 유튜브 또는 트위치와 다르게 우리 고유의 기술로 만들어진 대한민국 대표 라이브 방송 플랫폼)로 세계여행 과정을 생방송으로 송출한다. 그렇기에 여행 생방송 내내 시청자들과 함께 여행하고 있는 기분이다. 이때, 시청자들은 촬영 카메라 위로 올라오는 실시간 채팅을 통해 의견이나 정보를 제시하면서 여행에 능동적으로 참여할 수 있다. 네팔 여정 같은 경우는 '세계일주 용진캠프' 유튜브 초창기 영상 중 히말라야 등정 부분으로 짤막하게 올라갔던 적이 있다.

   (※ 지금부터 글로 풀어낼 세계일주 스토리를 영상과 함께 보고 싶은 분들이 계실 수 있기에 여행 영상 시청 팁을 한 가지 공유한다. 유튜브 '세계일주 용진캠프'에 들어가 보면, 시청자들과 함께 만들어갔던 그 날의 좌충우돌 여행 에피소드들을 나라별 재생 목록에서 순서대로 볼 수 있게 만들어 놓았다. 예를 들어 홈 화면에서 '용진캠프 몽골' 재생 목록을 클릭해본다면, 몽

골 여행 에피소드들이 1편부터 23편까지 순서대로 이어져 있는 것을 볼 수 있다.)

　　몽골은 여행 난이도가 낮은 편이기에 저렴하게 자
유여행 하면서 예상치 못한 신기한 경험을 많이 해볼
수 있는 곳이다. 신기한 경험들이 도대체 뭐냐고? 우
선, 놀랍게도 한국에서 수만 km나 떨어져 있는 곳임에
도 한국어를 구사하는 몽골 사람들이 정말 많다. 몽골
여행 생방송 중 시청자들의 아이디어에 따라 수도 울
란바토르 거리에서 한국말로 아무에게나 말을 걸어봤
는데, 거리에 있던 몽골 행인들의 절반 이상은 한국말

을 알아듣고 한국말로 친절하게 응대해 주셨다. 몽골 사람들이 한국어에 친숙한 걸 알 수 있었다.

더욱 신기한 건 몽골에 있는 많은 차가 한국에서 넘어간 중고차란 거다. 트럭이 정차해 있어서 자세히 살펴보니 한국 운수회사 스티커가 아직 그대로 붙어있다. 심지어 대중교통 버스는 한국에서 10년, 20년 전에 돌아다녔던 시내버스가 그대로 다닌다. 땡땡 학원, 땡땡 한의원 등, 몽골 버스에 타면 한국에 그 버스가 돌아다닌 시절 쓰였던 광고판이 너덜너덜해진 채 벽에 그대로 붙어있다. 지금 한국 버스에 T머니 교통카드 단말기가 설치되어 있다면 몽골 버스에는 이걸 따라한 U머니 교통카드 단말기가 설치돼있다.

몽골에는 한국의 CU 편의점이 사방에 있다. 간판은 물론 인테리어도 똑같았고, 제품 역시 한국의 CU 편의점에서 파는 걸 거의 그대로 가져다가 팔고 있었다. 마치 이역만리에서 한국의 어느 소도시에 와있는 기분이었다. 혹자는 몽골에 살게 되면 고향에 대한 향수를 느낄 염려가 없다고 한다. 몽골은 여러모로 대한민국의 향기가 짙게 배어있는 나라였다. 물가가 매우 저렴하면서 고향에 온 듯 편안한 마음에 예상보다 더 긴 시간을 머물게 되었다.

무엇보다 기억에 남는 것은 공기가 워낙 맑기에 밤이 되자 볼 수 있었던 하늘에 펼쳐진 드넓은 은하수다. 무수히 많은 별로 수 놓인 그 환상적인 모습에 감탄사가 절로 나왔다.

하늘을 가득 메운 별들이 하나같이 어둠을 뚫고 빛으로 존재를 알리고 있었다. 큰 별보다는 작은 별에 더 눈이 갔다. 아마 저들은 큰 별보다 사실 더 큰 별일 수도 있을 거다. 단지 우주의 더 먼 시공을 여행하여 이곳에 당도했다는 것일 뿐…. 작지만 더 깊은 내력을 가진 저들처럼 내 인생도 작지만 더 깊은 연륜이 담기길 기도했다.

이곳을 여행하게 되면, 끊임없이 펼쳐진 푸른 대초원 한가운데 지어진 게르에서 숙박하게 된다. 당신은 이곳에서 몽골 전통 가옥 안의 부드러운 바람 소리를 자장가 삼아 잠들 수 있는 특별한 경험을 하게 될 거다. 당신 역시 푸른 대자연 위에 누워 하늘을 가득 메운 별들을 바라보며, 삶에 대해 아름다운 성찰을 해볼 수 있기를….

이곳을 여행하며 눈앞에서 야생 독수리도 봤고, 말을 직접 타고 테를지 대초원을 3시간 정도 누비기도 했다. 꽤 알려진 관광지임에도 여느 몽골처럼 전반적으로 가격이 정말 저렴한데, 3시간 정도의 승마가 우리나라 돈으로 겨우 4,000원가량밖에 안 해서 놀랐던 기억이 있다. 매우 착한 가격으로 대초원의 광활함을 자유롭게 만끽했다.

반복되는 일상의 굴레 속에 마음이 갑갑할 때면,
대자연이 광활하게 펼쳐진

몽골의 테를지 대초원으로 떠나보자.

이곳에서 대지의 바람을 맞으며

대자연 속의 여유를 만끽해보자.

살아오면서 큰 문제로 보였던 것들이

이곳에서는 한낱 미물로 보이기 시작했다.

당장 큰일인 것 같던 삶의 무게가 사실 아무것도 아니더라.

영어를 잘하려면?

카자흐스탄 누르술탄 공항 출국장을 나서자 차가운 칼바람이 얼굴을 때렸다. 손은 어찌나 시리던지 상상을 초월한 추위에 두꺼운 장갑은 무용지물이 되어버렸다. 이곳에 도착하기 직전 러시아 시베리아에서 생방송 여정을 소화했는데 그곳보다도 더 추운 것 같았다.

매서운 추위에 서둘러 버스를 타고 예약해 둔 시내의 한 호스텔로 향했다. 가는 내내 도시가 직사각형의

블록들 안에 잘 정비되어 있다는 느낌을 받았다. 어마어마하게 큰 거리에 사람은커녕 자동차도 거의 보이지 않기에 버스에 같이 있던 현지인에게 이유를 물어보았다. 그는 오늘따라 날씨가 너무 추워서 다들 회사나 집에 있을 거라고 했다. 여기 사는 주민들 역시 적응하기 힘든 겨울 강추위인가보다 싶었다. 정보를 검색해보니 카자흐스탄에서는 실제로 겨울에 동사자들이 발생하곤 한단다.

이런 맹추위에 어떻게 카자흐스탄 여행 생방송을 이어갈까에 대해 시청자와 고민을 나누며 누르술탄 시내의 한 유명 식당에서 말고기를 먹고 있었다. 우리나라에서는 말고기가 엄청 비싸다고 하던데 여기서는 우리나라 돈 3,000원이면 말고기를 푸짐하게 먹을 수 있었다. 그렇게 생방송 먹방을 한창 하고 있을 때, 제이라는 카자흐스탄 친구가 다가왔다. 자신이 한양대학교에서 1학기 교환학생으로 다녀와서 한국어를 아는데, 카자흐스탄 한복판에서 시청자들과 한국어로 소통하고 있는 게 신기했다고 한다.

금세 친해져서 이런저런 얘기를 하던 중 제이는 내가 이곳에 머무는 동안 자신의 승용차로 카자흐스탄 시내 이곳저곳을 구경시켜주고 싶다고 했다.

'오! 밖은 너무 추웠었는데 잘 됐다.' 현지 친구들을 만나 국제교류를 해보면 현지인의 시각에서 그 나라의 문화와 사회에 대해 바라볼 기회를 가질 수 있어서 좋았다.

제이는 영어 회화 실력이 상당히 수준급이었는데 미국의 명문대 스탠퍼드 대학교에서 공부 중이라고 했다. 그의 아버지는 카자흐스탄 굴지의 회사 사장이었는데 아버지를 돕기 위해 방학을 맞아 고국으로 잠깐 와 있다는 거다. 내가 토플 공부할 때나 들었던 어려운 고급 어휘를 쉽게 구사하는 제이에게 영어 실력 향상을 위한 팁을 묻자, 그가 오히려 반문했다.

"내가 교환학생 시절 한국에 머물렀을 때, 한국인들 대부분이 영어를 잘하지 못했던 거로 기억해. 그런데 넌 영어를 잘하네? 지금 보고 있는 시청자들은 오히려 같은 한국인인 네가 영어를 잘하는 이유가 궁금할 거 같은데, 비결이 뭐야?"

이 질문에 곰곰이 생각해봤다. 사실 난 영어가 수준급도 아니고 이 친구처럼 고급 어휘를 편하게 구사하지도 못한다. 하지만 이제는 영어를 구사하는 외국인들과 자유롭게 영어로 소통할 수 있다. 난 집안 형편상 학창 시절부터 지금까지 외국으로 유학 한번 가보지 않았지만, 영어를 두려워하지는 않는다. 이 친구의 질문에 대한 다음 답변은 외국인들과 영어로 소통해보고 싶은 모든 분을 위한 메시지이기도 하다.

"내가 지금처럼 영어로 편하게 소통할 수 있게 된 건 말이지…." 친구의 눈을 보며 말을 이어갔다.

"외국에 나가보면 한국 친구들이 자유여행으로 혼자 왔다가도 결국 같은 한국 사람들을 만나 몰려다니는 걸 흔히 볼 수 있어. 외국인들은 한국인들이 소심해서 그러는 거라고 하는데, 사실 한국인들은 외국인에게 영어로 말을 거는 걸 머뭇거리거든. 우리나라 사람들은 보통 외국인들과 소통하기 위해서는 영어를 완벽히 구사해야 한다고 생각해. 그런데 사실 영어는 카자흐스탄 사람들에게나 우리에게나 모국어가 아니잖아. 영어를 하면서 틀려도 부끄러워할 필요가 없는데 말이야. 손짓, 발짓을 해보든 외국인들과 대화를 시도하며 부딪혀봐야 영어에 대한 두려움도 걷어낼 수 있고 점점 실력도 향상될 수 있을 거라고 생각해."

영어를 능통하게 한다는 건 누구에게나 힘들 거다. 나 역시 서울교육대학교 영어교육과를 졸업했음에도 마찬가지였다. 그런데 대부분의 한국 사람들은 어린 나이부터 영어권 제도로 유학이나 어학연수를 떠나본 경험이 없는 한국 토박이들이 많다. 사실 우리가 공교육 안에서 배우는 영어는 실생활 영어보다는 문법 위주의 영어였다. 문법이 틀리면 안 된다는 인식이 뿌리 깊게 자리 잡는 바람에 의사소통할 때도 문법적으로 완벽해야 할 것만 같은 두려움이 있다.

그런데 사실 따지고 보면 정작 한국어로 친구들과 대화할 때도 어법을 완벽하게 지키며 말하고 있는가? 구어체는 엄밀히 문어체와 다르다. 어법이 틀려도 괜찮고 제스처를 써도 무방하니 지나가다 외국인을 보면 말을 걸어봐라. 영어는 그렇게 실전으로 부딪혀야 실생활 의사소통 능력이 가장 빠르게 향상되는 법이다. 또, 그 외국 친구가 내가 만난 제이처럼 좋은 국제 친구가 될지도 모르는 일 아닌가? 인맥의 나무는 스스로 열리지 않는다. 내가 먼저 문을 두드리는 적극적인 자세가 필요하다.

제이의 승용차를 타고 카자흐스탄에서 가장 규모가 큰 모스크 '하즈렛 술탄 모스크', 가장 거대한 쇼핑센터 '한 샤트르', 아스타나의 대표 랜드마크 '바이쩨렉', 카자흐스탄 최고의 국립대 중 하나인 '나자르바예프 대학교' 등을 이동하며 함께 구경했다. 하즈렛 술탄 모스크는 외관부터 너무 웅장해서 놀랐는데, 내부에 들어가자 주무시는 분들이 많아서 더 놀랐다. 제이는 이곳이 시민들을 위해 24시간 개방하고 있다고 했다. "나도 돈 떨어지면 여기서 자고 가도 되는 거야?" 나의 장난에 제이가 폭소했다. 그리고 골똘히 생각해보더니 이렇게 대답했다. "말 되는데? 배낭여행 온 외국 사람이라고 해서 다를 거 없잖아. 다 같은 사람인데…."

한 샤트르는 세계 최대 크기의 천막 모양 건물이라고 했다. 이름 역시 '왕의 천막'이다. 이 안에 쇼핑센터, 영화관, 레스토랑 등이 있었는데 우린 여기서 카자흐스탄 전통요리 먹방을 했다. 이곳의 말고기 요리가 정말 맛있어서 감탄하고 있었는데, 재밌는 생방송 장면이 펼쳐졌다. 제이가 한양대 교환학생 할 때 만났던 한국인 친구가 아프리카TV에서 제이가 나오는 걸 보고 깜짝 놀라 제이에게 개인 메시지를 보낸 거다. 제이가 그 순간 어찌나 신기해하던지 기억에 선하다. 지구는 그렇게 온라인 기술의 획기적인 발전으로 공간을 넘어서 하나가 되고 있었다.

바이쩨렉 타워는 카자흐스탄의 오늘과 내일을 볼 수 있는 곳이었는데, 생명의 나무를 형상화한 건물로 우리나라로 치면 남산타워 같은 곳이다. 이곳 전망대에 올라가면 계획도시 누르술탄을 한눈에 볼 수 있다. 전망대 한가운데 카자흐스탄의 국부 누르술탄 나자르바예프의 손도장이 전시되어 있어서 이걸 만지며 기도하면 소망을 이뤄준다는 속설이 있다고 한다. 이렇게 제이는 우리(혼자 여행하는 게 아닌 시청자들과 함께하기에)에게 방문했던 모든 곳을 현지인의 시선에서 즐거운 마음으로 설명해주었다. 우연히 만난 인연으로 낯선 곳이 더 가깝게 다가왔다.

그중 가장 기억에 남는 곳은 나자르바예프 대학교였다. 이 대학교는 큰 부지에 세련된 현대식 건물들로 이루어져 있었다. 메인 빌딩에 들어가니, 마치 롯데월드의 거대한 유리 돔 아래 여러 건물이 들어가 있는 것 같은 모습이었다. 각각의 건물들은 각 학과의 건물이라고 했다. 예상하지 못한 엄청난 규모의 건축물들에 감탄하고 있는데, 한 무리의 대학교 친구들이 말을 걸어왔다. 경제학과 소속의 여대생들이었는데 평소 한국과 한국문화에 대해 좋은 감정이 있다고 했다.

"여기는 한국어학과가 따로 있고 한국 출신 교수들도 있어." 한국의 국제적 위상이 날로 높아지고 있음을 이곳에서도 체감할 수 있었다.

여행 중 현지에서 만나는 낯선 사람들을 경계하기보다
그들에게 마음을 열고 소통하다 보면,
그들과의 인연 덕분에 그 문화의 속살까지 엿볼
기회를 얻게 된다.

세계가 하나 되는 오늘,

다양한 국제 친구들을 사귀며

세계로 한 걸음 더 가깝게 다가가 보자.

인맥의 나무는 우리 스스로 만들어 가는 것이기에.

브루나이 반다르 세리 베가완 국제공항에 도착하자마자 곳곳에 보이는 한국어 안내판 덕분에 한국인으로서 기분이 좋아졌다. 한국 관광객들의 편의를 위해 한국어를 영어와 함께 표시하고 있기에 이유를 알아보니 브루나이는 한국의 전통적인 우방국 중 하나라고 한다. 우리나라 전, 현직 대통령들은 브루나이 국왕과 정상회담을 여러 번 개최해왔다. 이런 브루나이에서 한류의 힘을 엿볼 기회가 있었다.

브루나이는 남아시아 보르네오섬에 있는 자원 부국이다. 우리나라 네티즌들에게는 국왕이 세뱃돈 주는 부자 나라로 알려져 있다. 실제로 하사날 볼키아 국왕은 삼성 이건희 회장의 3배가 넘는 어마어마한 자산의 소유자라고 한다. 22살에 국왕으로 재위해 70대가 된 지금까지도 브루나이를 통치하고 있다는데, 현지인들에 따르면 브루나이 국민에게 인기가 상당하다고 했다. 그도 그럴 것이 브루나이라는 나라 자체가 워낙 복지가 잘 되어 있다. 국민이 내는 세금이 거의 없음에도 불구하고 나라에 매장되어 있는 원유와 천연가스 등의 천연자원의 양이 워낙 막대하다 보니 이 수익으로 국민에게 갖가지 복지 혜택을 주고 있었다. 모든 국민이 국공립학교 교육비 면제에 단돈 1달러를 한 번 내면 최첨단 의료 서비스를 평생 무료로 받을 수 있다고 한다.

브루나이에서 머물던 호스텔 관리인은 말레이시아에서 온 친구였다. 이 친구 말에 의하면 브루나이에서 가장 많은 인구를 차지하고 있는 사람들이 바로 말레이 인종이었다. 이 친구는 숙소에 머무는 투숙객들을 세심하게 두루 살피며 필요한 게 뭐가 있는지 항상 물어봤다. 이런 훌륭한 관리인 덕분에 호스텔에 머무는 시간이 내 집같이 편했다. 그는 저녁 시간에 자메 아스르 하사날 볼카야 모스크와 가동 야시장을 차례대로 함께 구경해볼 것을 추천해 주었다. 동선이 너무 괜찮았는데, 호스텔에서 모스크까지 걸어서 15분 정도 걸렸고, 모스크와 야시장은 걸어서 10분 정도 소요됐다.

여러 개의 황금 돔들이 인상적이었던 자메 아스르 하사날 볼카야 모스크는 도착할 때쯤 경건한 예배 의례가 펼쳐지고 있었다. 이슬람 사람들이 예배하는 광경은 기독교 신자인 나를 포함해서 기독교, 천주교, 불교 신자가 대부분인 우리나라 시청자들에게는 조금 낯설었다. 종교의 다양성을 존중하는 의미로 잠깐 함께 해봤는데 바닥에 절을 계속하셔서 차마 절은 하지 못하고 나왔다. 모스크에서 얼마 떨어지지 않은 가동 야시장은 그야말로 먹거리 천국이었다. 다양한 시장 음식들이 있었는데 가격이 정말 저렴했다. 시청자들에게 시장을 이곳저곳 소개해주던 중 현지 커플 친구들과 어울리게 됐다.

이들은 시장의 공용 테이블에서 내 옆에 앉아 있었다. 시청자들과 생방송으로 먹방을 하는 모습에 호기심을 느꼈는지 말을 걸어왔다. 그리고는 고맙게도 여러 가지 현지 이야기를 해주며 함께 방송을 해줬다. 중간에 내 먹방을 도와준다며 잠깐 어딘가로 가더니 브루나이에서 유명한 챈들 이라는 음료를 사 들고 와 선물로 줬다. 스타벅스 커피 그란데 사이즈의 플라스틱 컵에 들어있는데 팥 같은 것도 함께 들어있고 전체적으로 푸른색을 띠고 있었다. 빨대로 시원하게 쭉 들여마셔봤더니, 맛이 기가 막혔다. 가격도 우리나라 돈으로 1,000원밖에 안 한다는데 한국에서 챈들 장사를 하면 잘 될 것 같다.

결혼한 지 3년 정도 됐다는 이 커플은 자신들을 한

류 열풍의 희생자라고 표현했다. 일상생활에 지장을 받기도 하지만 TV에서 방영되는 한국 드라마와 한국 예능 프로그램은 다 챙겨보고 있단다. 이 친구들의 말에 의하면 브루나이에서는 지금 런닝맨이 엄청난 인기를 끌고 있다고 했다. 특히 이 커플 중 남편분이 하하의 열렬한 팬이라고 했다. 갑자기 한 시청자가 자신이 하하라고 채팅창에 영어로 썼다.

'설마 레알 하하겠어?' 이렇게 생각하고 있는데, 이 남편분은 진짜인 줄 알고 까무러치게 놀라며 너무 좋아하는 게 아닌가?

"하하? 하동훈! 생일 축하해 하동훈~!" 그의 아내까지 덩달아 "와~ 하동훈이 용진캠프를 통해 반대로 우리를 보고 있어."라고 하며 영어로 생일 축하 노래를 부르기 시작했다. 하하의 생일까지 알고 있는 이 브루나이 친구들에게 우리는 그냥 선의의 거짓말을 하기로 했다. 자신이 하하라고 주장했던 시청자가 만약 하하가 아니었어도 말이다. 이 순간이 그의 인생에 좋은 추억으로 남기를 바랐다.

먼 곳에서 한국문화를 사랑하고
호의를 베풀어준 고마운 현지 친구들.
당신들의 행복은 곧 나의 행복이 되었다.
여행은 그렇게 따뜻한 사람들을 찾아가는 여정이다.
그들과 만나서 즐거운 추억들을 함께 만들어 가는 여정이다.
세상 곳곳에서 펼쳐질 그들과의 드라마 같은 이야기가
우리를 기다린다.

깨달음의 땅, 네팔

　네팔은 내 인생의 큰 전환점이 됐던 곳 중 한 곳이다. 아프리카TV 생방송으로 세계여행 과정을 송출하기 전에 다녀온 곳이라 모든 여정이 또렷하게 기억나는 건 아니지만, 이곳에서 있었던 중요한 일들을 통해 깨닫게 된 몇 가지 삶의 철학은 아직도 내 가슴속에서 살아 숨 쉬고 있다. 미지의 나라 네팔은 우리에게 어떤 이야기를 들려줄까?

네팔은 히말라야산맥을 품은 산악 국가이다. 안나푸르나를 등반하기에 앞서 수도 카트만두에서 1주일 정도 머물렀었는데, 내가 여행할 당시 이곳은 말 그대로 혼돈의 도시였다. 수도라고 해도 신호등은 찾기 힘들었고 포장 안 된 땅 위로 오토바이와 차들이 지나며 흙먼지가 사방으로 자욱했다. 내가 타고 있던 현지인의 차가 옆에서 달리던 차랑 부딪혔는데 운전자들이 서로 고래고래 소리만 지르다가 아무 일 없었다는 듯이 그냥 지나가는 재미난 일도 있었다. 그들에게는 이게 그저 일상인가 보다. 신호등도 없는데 이 많은 오토바이와 차들이 소용돌이 모양으로 뒤엉킨 채로 이리저리 피해 각자의 길을 가는 게 신기하기만 했다.

이곳을 여행할 때도 호스텔에서 머물고 있었는데 같은 숙소에서 지내던 미구엘이라는 스페인 말라가에서 온 친구와 친해져서 함께 여행했다. 이 친구는 내 생각의 경계를 끊임없이 허무는 독특한 친구였다. 이 친구와 다니면서 가장 많이 들었던 생각은 '이게 돼?'

였다. 우선, 이 친구는 아주 자유자재로 히치하이킹을 즐겼다. 아까 도로에서 옆 차랑 부딪혔는데도 그냥 지나가서 신기했다고 했던 차도 우리가 히치하이킹으로 얻어 탔던 차다. 이 친구는 여기 오기 전까지 네팔 전역을 히치하이킹으로 돌아다니고 있었다. 히피 정신의 전형인 사람을 만나게 된 거다. 자유롭고 탈사회적인 그의 모습에 기존 세계관이 흔들리고 있었다.

그의 노트북에는 수많은 의류 디자인 작업물이 있었는데, 여행 중에 틈틈이 디자인해서 돈을 번다고 했다. 한마디로 재택근무 같은 걸 하는데 재택근무지가 자신의 집에서 다른 나라 '어디든지'로 바뀌어 있는 거다. 당시에 이렇게 여행 경비를 마련하며 10개국 정도 다니고 있다고 했다. 그의 자유로운 삶의 방식에서 세상살이의 새로운 가능성을 엿보게 되었다. 아마도 이 모습이 나비효과가 되어 세계를 여행하며 동시에 개인 방송으로 생산 활동을 하는 지금의 내 모습을 만들었으리라.

하루는 네팔 유적지에서 현지인은 그냥 들어가게 하면서 외국인들에게는 비싼 돈을 매기고 걷는 것에 엄청 화를 냈었다. 왜 형평성에 어긋나느냐는 거다. 근데 여기에 그치지 않고, 동네 주민들에게 유적지로 들어가는 개구멍을 물어봐서 함께 여행하던 우리 무리 모두를 (다른 독일, 미국 친구들을 포함해 네 명이 주로 함께 움직였다) 이끌고 갔다. 밤에는 동네 허름한 식당에 들어가서 함께 야크 고기를 먹었는데 너무 맛있다면서 배 내밀고 훌라 춤을 췄다. 식당에 있던 현지 사람들이 그의 모습에 웃음을 터뜨리자 그는 기분이 더 좋아졌는지 뱃살을 마구 흔들어 댔다. 멀끔하게 생긴 미구엘의 정신세계는 기존 상식의 경계를 비웃기라도 하듯 지붕이 활짝 열려있었다.

　　이 창조적인 친구와 함께한 덕분에 기존에 갖고 있던 고리타분한 생각의 틀에 균열이 생기게 되었다. 어느 날, 네팔의 화장터에서 화장하는 장면을 이 친구와 함께 목격했다. 한 줌의 연기로 마무리되는 삶의 마지막 장면을 지긋이 바라보며, 그는 이렇게 얘기했다.

  "인간의 삶과 죽음은 쉽게 타버릴 수 있는 얇은 종잇장으로 나누어져 있을 뿐이야. 언제 죽을지 아무도 모르지. 그렇기에 우리는 세상을 마음껏 즐겨야 해."

  그의 말처럼 인생은 죽음과 맞닿는 순간 모든 것이 허망해질 것이기에 매 순간 후회 없이 하고 싶은 걸 하며 살아야겠다는 다짐을 했다. 그렇게 과거도 미래도 아닌 지금 이 순간에 발을 내딛게 되었다.

  세상에서 가장 높은 산맥 히말라야를 등정하는 것은 나의 오랜 꿈이었다. 꿈이란 놈은 시간의 흐름 속에 내 운명을 자신과 닮아가게 만든다. 거대한 히말라야를 마주하고 서서 삶을 통해 저 산이 되자고 다짐했다.

  축약해서 ABC라고 불리는 안나푸르나 베이스캠프를 목적지로 카트만두에서 로컬 버스를 타고 포카라로 향했다. 포카라는 호수라는 이름처럼 페와 호수를 둘러싼 도시로, 많은 이들에게 히말라야 트레킹의 출발지로 주목받는 곳이다. 으스름 깔린 저녁 시간에 도착해서 페와 호수 변두리의 한 여관방을 잡았다. 포카라에 있는 NTB라는 관공서에서 히말라야 입산 허가증이라고 할 수 있는 팁스와 퍼밋을 발급받아야 했기 때문에 여기서 이틀 정도 머물렀다. 업무 시간에 맞춰 증명사진 2매, 여권과 돈을 가져가면 별문제 없이 발급받을 수 있는데, 총비용은 5,000루피로 우리나라 돈 5만 원 정도 나온다.

한국인들은 히말라야를 올라갈 때, 가이드를 끼고 여기에 배낭을 대신 매주는 포터까지 대동하고 올라가는 경우가 많다. 하지만 당시 절약해서 여행하고 싶었던 나는 그냥 혼자 히말라야로 입산하기로 했다. 이건 정말 탁월한 선택이었는데 그 이유에 대해서는 차차 알게 될 거다.

포카라에서 히말라야로 출발할 때 전날 NTB에서 만난 미국인 친구와 조우해 같이 택시를 타고 출발했다. 택시로 나야풀까지 한 시간 반 정도 이동한 후 택시 기사에게 미리 흥정했던 가격을 더치페이하고 내렸다. 나야풀에서부터는 지프로 갈아타고 조금 더 올라가든가 그냥 여기서부터 걸어 올라가든가 해야 한다. 돈을 절약하고 싶었던 우리는 그냥 여기서부터 걷기로 했다. 그렇게 장장 열흘가량의 안나푸르나 베이스캠프 등반기가 시작되었다.

처음 며칠 동안은 둘 다 포터 없이 걸어 올라가면서 인간의 한계를 제대로 체험했다. 사실 한국인과 다르게 푸른 눈의 외국인들은 포터 없이 등반하는 경우가 많았다. 하지만 확실히 돈이 들더라도 우리나라 사람들의 선택이 더 현명하다고 느꼈다. 그도 그럴 것이 그냥 계속 꾸준하게 올라가며 목적지에 도착하는 게 아니고, 백두산 높이 같은 산들을 오르락내리락하면서 안나푸르나 베이스캠프에 조금씩 가까워지는 것이기

때문이다. 경사가 가파른 산을 열 시간 넘게 올라갔다
가 다시 내려가야 한다. 진짜 죽을 맛이다.

그나마 다행인 건 자신이 올라가는 페이스를 조절
할 수 있다. 반나절 열심히 걸어가다 보면 등산객들을
위한 쉼터이자 숙박 시설인 라지(lodge)들이 보이는데
여기서 머물지, 여기를 건너뛰고 계속 갈지는 각자의
상태에 따라 결정할 수 있다. 처음 함께 시작했던 미국
친구는 자신의 귀국행 비행기 일정에 맞춰 나보다 속
도를 내서 먼저 올라가다가 4일 차쯤인가 도저히 안
되겠다며 중도 포기하고 하산했다.

산을 타다 보면 세계 각국에서 온 다양한 친구들을
만날 수가 있는데 일정 거리를 함께 걸으며 말동무가
되기도 했다. 하지만 사람마다 등산 속도가 다르고 누
군가와 대화까지 하며 등반하기에는 워낙 힘든 여정이
대부분이었기에 애초에 팀으로 오지 않는 이상 혼자
등산하는 게 더 편했다. 나 역시 그녀를 만나기 전까지

는 홀로 사색하며 걷는 시간이 더 많았다.

"그녀는 내 목숨을 구한 사람이다."

이곳에서 실족사로 영원히 저세상으로 갈 뻔했다. 이건 차차 얘기하기로 하고 우선 히말라야의 한 라지(lodge)로 가보자. 워낙 긴 일정 동안 등반해야 하다 보니 날씨는 몇 번이고 변화했는데 하루는 눈이 내렸다가 하루는 우박이 내리기도 했다. 당시 거의 탁구공만 한 우박이 계속 떨어져서 핸드폰으로 영상을 찍어 인스타그램에도 올렸었다.

우박이 그치고 라지를 나섰는데 절벽 옆으로 난 좁은 길을 따라 두어 시간 가니 사람들이 삼삼오오 모여서 오도 가도 못 하는 게 아닌가? 우박이 왔던지라 산기슭 밑으로 흐르는 도랑의 물살이 너무 거세져서 잘못했다가는 물에 휩쓸려 내려갈 수도 있는 정도였다. 불과 얼마 전에 안나푸르나 ABC로의 등반 중 물살에 휩쓸려 사망한 등산객들이 있었기에 다들 조심하고 있었다. 그러잖아도 등에 짊어지고 있는 가방이 무거워서 어깨가 너무 아팠는데 잘 됐다 싶어 바위 위에 가방을 던져놓고 앉았다.

잠시 후, 우리 어머니 나이쯤 되어 보이는 네팔 아주머니께서 내 가방을 툭툭 치시며 뭐라고 하셨다. 무슨 말을 하고 싶으신 건지 가만히 봤더니 제스처로 내 가방을 들어주신다는 거였다.

'영어가 1도 안 되는 분이라 소통도 힘들 거고 힘없는 아주머니신데 내 가방을 들어주시는 게 말이 돼?'라는 생각이 들기 무섭게 알겠다고 해버렸다. 사실, 어깨가 깨질 거 같아서 올라오는 내내 애초에 포터를 구하지 않았던 결정에 대해 후회하던 중이었다. 그리고 이 아주머니는 어차피 안나푸르나 베이스캠프에 있던 한 라지 쪽으로 향하고 계셨다. 그때 옆에 계시던 네팔 가이드 한 분께서 이 아주머니는 원래 커다란 짐짝도

허리에 매고 여기를 왔다 갔다 하시는 분이라고 걱정하지 말라고 하셨다.

'그래, 가끔 대화가 안 되면 올라가다가 이런 가이드 분들에게 통역을 부탁해보면 되겠지.' 한 시간가량 지났을까 물살이 조금은 괜찮아져서 사람들이 한둘씩 범람했던 도랑을 건너기 시작했다. 그렇게 네팔 포터 아주머니와의 동행이 시작되었다.

아주머니는 내가 머무는 라지(lodge) 마다 주인장들하고 언제부터 친했는지, 부엌 옆에 어디 골방 같은 곳을 찾아 들어가서 주무셨다. 나중에 알고 보니 포터 분들은 관광객을 그 라지로 데려와 주면 숙박을 무료로 받는 거였다. 내가 어느 라지에 머물러도 아주머니께서는 자신이 나를 이곳에 데려온 거라 말하고 포터 분들이 받는 방으로 들어가서 쉬면 되는 거였다.

그렇게 험준한 산들을 다시 여러 번 넘어 대망의

ABC에 도착했다. 만년설의 눈밭을 걸으며 성취감과 함께 말로 형용할 수 없는 벅찬 감동이 몰려왔다. 특히 안나푸르나 베이스캠프 주변을 둘러싸고 펼쳐진 설봉들은 장관이었다. 어딘가 홀로 앉아 오래 두고 보려고 그곳 라지 중 한 곳에 방을 구하여 짐을 던져놓고 다시 나왔다.

'아차, 아주머니께 돈을 드려야지.' 저쪽에서 멀뚱멀뚱 서 계시는 아주머니께 지갑을 들고 갔더니 아주머니께서 손사래 치시는 게 아닌가? 아들뻘 되는 나에게 무료봉사하시겠다는 건가? 나중에야 안 사실이지만 아주머니께서는 내려갈 때도 내 짐을 대신 들어주려고 생각하신 거다. 다시 말해 아직 정산할 때가 안 된 거였다.

베이스캠프 위에 서서 바라보이는 히말라야산맥은 날것 그대로의 거친 속살을 숨김없이 드러내고 있었다. 몇 시간이고 한 자리를 밟고 서서 이 거대한 산들과 대면하고 있었다. 지금까지 걸어왔던 길에 대한 성찰 속에 앞으로 걸어갈 길에 대해 그리고 또 그렸다. 그리고 대지와 하나 된 그 자리에 서서 삶을 위한 다짐을 영상으로 남겼다. "나는 이 거대한 산을 닮은 사람이 될 것이다. 내 사람들의 가슴을 울리는 사람이 되고 말겠다."

이곳에 도착한 지 이틀째 되던 날, 네팔 포터 아주머니와 점심을 든든하게 차려 먹고 하산하기 시작했다. 올라올 때보다 좀 더 속도를 냈다. 그래봤자 다시 백두산 높이의 산들을 오르락내리락하면서 내려가야 했다. 우린 이왕 서두르는 김에 밤에도 걸었다. 그러다가 아주 큰일이 날 뻔했다. 어두운 길이라 제대로 보이지 않아 발을 헛디딘 거다. 밑으로 미끄러지는 순간 두 손으로 땅 아래 나 있던 풀들을 한 움큼 세게 움켜쥐고 버텼다. 아주머니가 놀라서 뒤로 넘어지며 자신의 지팡이를 내미셨다. 지팡이를 잡은 힘과 합쳐 겨우 땅 위로 올라갔다. 핸드폰으로 라이트를 켜서 미끄러진 곳을 보니 역시나 여기도 가파른 낭떠러지였다.

'이곳에서 실족사가 많이 난다는데 이렇게 이동하다가 한순간에 훅 가는 거구나.' 등에 식은땀이 흘렀다. 아주머니 덕분에 삶과 죽음의 경계에서 다시 세상의 땅을 밟고 섰다. 나와 말도 잘 안 통하는 아주머니는 다양한 제스처를 써가면서 나와 소통하려고 노력하셨다. 내가 외국에서 온 아들 같으셨나 보다. 우리는 표정과 몸짓으로 서로에 대한 우정을 나눴다.

그렇게 며칠 동안 점점 밑으로 내려가다가 시와이 마을에 도착했다. 드디어 안나푸르나 베이스캠프 등반 트레킹이 모두 마무리됐다. 이제 여기서부터는 버스를 타고 갈 수가 있다. 여기까지 도와주신 아주머니께 포터 비용을 정산해드리고 꼭 안아드렸다. 아주머니와 짧은 시간 동안 함께 했지만, 정이 많이 들어서 눈시울이 붉어졌다. 아주머니 역시 눈물을 훔치고 계셨다. 아주머니는 나에게 네팔 전통 머플러를 선물해주셨다. 목에 두르며 다시 한번 안아드리고 대기하던 버스에 타니 아주머니께서 따라서 타시는 게 아닌가?

'무슨 일이지?'

얼마 후 버스가 멈췄고 아주머니는 내리셔서 산길
(버스가 다니던 그 길) 옆에 자리 잡은 자그마한 집으
로 들어가셨다. 버스 기사는 뒤를 돌아보며 나에게 이
건 너를 위한 선물이라며 내려서 포토타임을 가지라고
했다. 다른 외국인들도 버스에 타고 있어서 그들에게
괜찮냐고 물어보니 다들 기다려도 문제없다고 했다.

알고 보니, 그 집은 아주머니의 아들 내외가 사는
집이었다. 아주머니는 의아들처럼 생각하셨던 나를 자
신의 친아들 내외, 손주들에게 환한 미소로 소개해주
셨다. 그리고 우리는 함께 찰칵! 기념사진을 남겼다.
버스에서는 다른 외국인 친구들이 환호와 함께 박수를
쳐줬다. 히말라야 산기슭이라 날씨는 차가웠지만, 마
음이 온기로 가득해졌다. 아주머니와 진짜 마지막 인
사를 나누고 다시 서둘러 버스에 탔더니 옆에 타고 있
던 금발의 친구가 이렇게 물었다. "너한테는 어떤 매력

이 있기에, 저렇게 좋은 현지 친구가 생긴 거야?" 곰곰
이 생각하다가 답했다. "나도 모르겠어. 참 좋은 아주
머니야, 그렇지?"

그녀의 자글자글 주름진 손이

그녀가 지나온 고단한 세월을 말해주고 있다.

그런데도 그녀는 지치거나 힘들어하지 않았다.

그녀가 살아온 히말라야만큼

거대한 영혼을 소유하고 있었다.

그녀 덕분에 인생을 다시 돌아보게 되었다.

그렇게 히말라야에서 그녀와 함께했던 시간은

영원히 가슴 속에 간직될 거 같다.

말은 잘 통하지 않았어도

마음으로 서로를 이해하며 응원했던 소중한 친구.

인생은 만남과 헤어짐의 연속이라지만,

먼 훗날 그녀와 다시 만날 날을 그리며.

대리기사 라이브 방송을 시작하다

　세계여행을 하면서 몰랐던 새로운 세상을 알아가고 있다. 그곳에서 직접 보고 들으며 경험하는 것들이 세계관과 삶의 자세에 얼마나 지대한 영향을 미치고 있는지 잘 알고 있다. 역사적 사건·사고에 의해 인류사가 바뀌듯이 이제까지 없었던 것들에 대한 경험은 한 사람의 인생을 변화시켜 나간다. 여행을 통해 시야를 넓혀나가면 나갈수록 예전에 확신하고 있던 진리가 꼰대의 좁은 관점이 빚은 허울에 불과한 거였다는 걸 깨달을 때가 있다.

세상이 너무나도 좋아졌다. 이런 세계여행의 모든 과정을 세계 어디서나 라이브 방송으로 시청자들과 공유할 수 있게 됐다. 나 자신이 직접 세계 곳곳의 오지에 들어가서 라이브 방송을 송출하며 확신하고 있다. 그 나라 모든 통신사의 유심을 구매해 통신사 숫자만큼의 생방송 송출 장비에 삽입해 번갈아 가며 사용하면, 모두 실패 없이 원활하게 라이브 방송을 송출할 수 있었다.

몽골의 테를지 대초원이 그랬고 아프리카 케냐의 마사이마라 국립보호구가 그랬다. 어디가 라이브 방송이 안 돼서 가지 않고 있다거나 어쩔 수 없이 편집 촬영된 영상만 보여주겠다는 여행 크리에이터가 있다면 그건 단지 변명에 불과하다. 더욱이 세상은 계속해서 좋아져서 조만간 차세대 인공위성을 통해 아마존이나 남극 한가운데에서도 5G의 인터넷을 사용할 수 있게 된다. 바야흐로 전 세계 모든 곳에서 생방송 세계여행이 가능해진다.

'세계일주 용진캠프' 시청자들에게 대한민국 국적자로서 법적으로 밟을 수 있는 모든 나라를 여행하겠다고 약속했다. 약속한 것은 반드시 지키는 사람이 되고 싶다. 세계여행을 계속해나가기 위해서는 돈이 필요했다. 돈이 떨어질 때면 한국에 들어와 돈을 벌며 다음 나라를 여행할 경비를 마련해야 했다. 지금이야 해외에 나가 여행하고 있을 때도 아프리카TV와 유튜브 수익으로 여행 경비를 충분히 감당할 수 있게 되었지만, 처음에는 그렇지 않았다.

그렇게 세계여행 중간중간 한국에 들어와 다음 여정을 위해 재정비하는 기간에는 쉬지 않고 낮에는 강연 활동을 하고 밤에는 대리기사를 하였다. 교직에 몸담고 계시는 부모님께서 서울교육대학교 영어교육과를 나와 대리기사나 하는 이상한 놈이 있다는 소문을 들으셨단다. 대리기사가 어때서 사람들이 '대리기사나'라고 표현하는지 안타까운 마음에 즐겁게 대리기사를 하는 모습 역시 아프리카TV 라이브 방송으로 송출하기 시작했다.

대리기사 하는 게 즐거웠던 이유는 새로운 소통의 장이 펼쳐졌기 때문이었다. 저마다 다른 사연을 가진 사람들은 집처럼 익숙한 자신의 자가용 안에서 날것 그대로의 세상 이야기를 풀어놓았다. 술 향기는 사람들의 허례허식과 방어기제를 녹였고 취중 진담이기에 더 솔직하고 깊이 있는 대화가 가능했다. 삶의 전선 곳곳의 생생한 경험담은 그동안 몰랐던 세계를 간접 체험해볼 기회를 주었다. 삶에 대한 성찰이 담긴 그들의 목소리는 많은 가르침을 주었다.

혼자 간직하기에는 아까울 것 같은 배움이 많아서 운전 중 대리고객들과 대화하는 내용 역시 아프리카TV 라이브 방송으로 그대로 담아내 보기로 했다. 물론, 방송의 취지에 대해 설명하고 방송 참여에 대한 동의를 얻은 분들만 라이브 방송을 이어갔다. 대리 호출을 잡고 대리운전 일을 시작하기에 앞서, 대리고객에게 우리의 살아가는 이야기를 시청자들과 공유하고 소통하는 방송을 하는 중이라고 말씀드렸다.

도로교통법을 준수하기 위해 운전 중에는 올라오는 라이브 채팅창을 읽지 않고, 고객님께서 대신 읽어주셔야 하는데 괜찮으시겠냐고 말씀드리며 생방송 가능 여부를 여쭤봤다. 다행히 대리고객 대부분이 라이브 방송을 허락해주셨다. 그렇게 지금까지 1,000명이 넘는 많은 분을 모시며 아프리카TV로 다양한 대리고객들의 이야기를 세상과 연결해 왔다.

자유 예찬

　그날따라 비가 추적추적 내렸다. 비를 맞아가며 열심히 대리기사를 하고 있으니 주변에서 방송을 보시던 한 시청자분은 우산까지 가져다주셨다. 그날 모시게 된 대리고객님들은 비 오는 날도 밤을 달리며 열심히 사는 모습이 보기 좋다면서 하나같이 생방송에 흔쾌히 참여해주셨다. 그렇게 저녁부터 시작된 대리기사 생방송이 새벽까지 끊어지지 않고 계속되고 있었다.

　"대리기사님, 비 오는데 고생 많이 하시네요."

그날 네 번째로 모시는 대리고객님 역시 서글서글하게 웃는 얼굴로 따뜻하게 맞아주셨다. 이분의 직업이 무엇인지 생방송 시청자들이 알아 맞춰보는 시간을 가졌는데 방송국 PD, 생선가게 아저씨 등 채팅창으로 다양한 직업이 올라왔다. 시청자들의 다양한 추측이 재밌으셨는지 껄껄 웃고 계시다가 경찰인 거 같다는 한 시청자의 채팅 글에 경찰이긴 한데 강력계에 있다고 하셨다.

가는 동안 강력계 형사로 계시면서 있었던 여러 이야기를 해주셨는데 다소 수위가 높은 범죄 현장의 생생한 경험담을 들려주셨기에 너무나도 흥미진진했다. 고객님은 지금까지 외국에 단 한 번도 나가본 적이 없을 정도로 각종 형사 사건·사고를 담당하시며 정신없이 바쁘게 살아오신 분이었다. 그런 형사님의 어깨가 조금은 처져 보였다. 힘든 짐을 혼자서 짊어져 오신 것 같은 마음이 들자 한 편으로는 측은해 보이기까지 했다.

"형사님은 어떤 게 행복이라고 생각하세요?"

행복은 한 단어로 자유라고 생각한다고 대답하셨다. 그렇다고 거창한 의미의 자유라기보다 각자 처해 있는 위치에서 스스로 쟁취해나갈 수 있는 자유를 말씀하셨다. 우리가 살다 보면 먹고 살아가기 위해서 피치 못하게 조직에 소속되어 있을 수도 있는데, 조직 안에서도 충분히 자유를 영위할 수 있다고 생각하신다고 했다. 우리는 보통 어떤 조직 구성원이 되는 순간 형식적으로 그 조직의 규율에 갇혀 있게 된다고 생각하기 마련이다. 하지만, 형식적인 자유를 넘어서는 정신적 자유가 실질적으로 우리 삶의 질을 가장 크게 판가름하고 있다.

각자가 소속된 사회 조직에서 맡은 역할을 최선을 다해 수행하여도 마음가짐에 따라 얼마든지 자유를 누릴 수 있는 거다. 형사님은 요즘 업무 후, 남는 시간 틈틈이 그림을 배우고 시를 쓰는 예술 활동을 하면서 진정한 자유를 만끽하고 있다고 하셨다. 형사님의 얼굴에 화색이 돌면서 진정으로 행복을 느끼고 있음을 알 수 있었다. 이분은 마음의 자유 위에 세상의 이치를 충분히 깨닫고 계셨다.

원효대사가 해골바가지 물을 마시고 나서 진리를 깨우쳤다는 유명한 일화가 있다. 당나라 유학길에 오른 원효대사가 동굴에서 자다가 밤늦게 목이 말라 깨어났고 발견한 바가지에 물이 담겨 있었단다. 원효대사는 그 물을 시원하게 마시고 다시 잠이 들었는데 이튿날 눈을 떠보고 깜짝 놀라고 말았다. 밤에 마신 바가지 속의 물이 바로 해골 속 썩은 물이었던 거다. 그걸 보고 원효대사는 헛구역질하며 구토를 하게 된다.

그 순간 원효대사는 무릎을 '탁'치게 된다. 썩은 물도 우리가 어떻게 생각하며 마시느냐에 따라 달콤한 단물이 될 수 있는 거다. 우리가 어떤 시선으로 세상을 바라보고 있느냐에 따라 어두운 구렁텅이에 갇혀 살

수도, 진정한 자유를 느끼는 삶을 영위해 나갈 수도 있는 것이다. 이미 우주 만물의 진리는 우리 모두의 마음 안에 내재하여 있는 거였다. 그는 그 길로 당나라 유학 길에서 발걸음을 돌려 신라로 돌아오게 된다.

대리기사로서 형사님과 소통한 한 시간가량의 대화는 이 험난한 세상을 살아가기 위한 삶의 자세에 지대한 영향을 미쳤다. 일에 치여 하루하루 열심히 살아가는 우리 독자들의 삶에도 이 이야기가 좋은 이정표가 되었으면 좋겠다. 한 편의 영화 같은 만남 이후, 강력계 형사님을 힘차게 안아주었다. 그리고 나는 다음 대리운전을 하기 위해 발걸음을 돌렸다.

똑같이 세상을 살아가도
심지어 환경의 조건이 같더라도
누구는 불만을 느끼고 누구는 행복을 느낀다.
어떤 순간에도 운명의 자유는 우리 스스로 만들어 가는 거다.
내 소중한 친구야,

이왕이면 긍정적인 마음으로 즐겁게 살아보는 게 어떠니?

그러다 보면 언젠가 우리 분명 좋은 날을 맞이하게 될 거야.

마음의 평온이 찾아오더라

"오늘 기사님과의 대화 덕분에 그동안 지녀왔던 인생관을 다시 돌아보게 됐네요. 덕분에 잘 왔어요. 고맙습니다." 대리기사를 하며 국내 대기업의 총괄본부장님을 자택으로 안전하게 모셨을 때, 그분은 이렇게 말씀해 주셨다.

요즘 젊은이들은 높은 지위에 있거나 나이가 많은 분들을 꼰대라고 표현한다. 자신의 경험을 일반화해서 자신보다 지위가 낮거나 나이가 어린 사람에게 일방적으로 강요하는 권위적 기성세대를 의미하는 은어란다. 하지만, 이분은 한 젊은 대리기사의 이야기를 끝까지 주의 깊게 들어주셨다. 덕분에 우리는 세대를 초월해 서로의 인생 경험을 담아 진솔한 대화를 나눌 수 있었다.

이분은 자신이 예전에 모시던 이사장님의 기구한 인생사에 대해 들려주셨다. 이사장님은 어떤 불미스러운 사건으로 인해 회사 프로젝트에서 퇴출당했고, 지금은 벌어먹고 살아가기 위해 대리기사를 뛰고 있다고 했다. 그런데 얼마 전 그를 직접 만나보니 너무나도 편안해 보이더란다. 당신은 옛 상관의 그런 모습이 이해가 되지 않았고, 오히려 '나는 정신 똑바로 차려서 나중에 저렇게 되지 말아야지.'하고 다짐하게 되었단다.

그리고 얼마 전에는 한 대학교에서 교수로 계시는 분께서 당신의 대리기사로 오셨단다. 그때, 그분에게 왜 교수이신 분이 밤에 대리기사를 하고 있냐고 물었더니, 세상 경험을 쌓기 위해 하는 거라는 답변을 들으셨단다. 그러자 총괄본부장님은 그 교수분에게 이 대리기사라는 직업은 누군가의 치열한 삶의 전장인 거지 교수님께서 경험을 쌓아보려고 한 번 해보는 식의 단순한 직업이 아니라고 호통을 치셨단다. 그날, 총괄본부장님의 말을 들은 교수님은 다시는 자신이 밤에 대리기사를 하지 않겠다고 다짐했단다.

총괄본부장님이 대리기사와 관련해서 겪었던 두 가지 사례에 대해 듣고 있자니, 이분 역시 대부분의 사람처럼 대리기사란 직업을 인재가 하고 있을 만한 직업으로 보고 있지 않은 건 분명했다. 내가 생각했을 때는 총괄본부장님의 관점 역시 맞을 수 있고, 마찬가지로 호통을 당했던 교수님 역시 자신만의 철학이 있었던 거다. 사실, 두 분 모두 '당신은 잘못되었다.'라고 질타하기 힘든 각자 고유한 삶의 방식을 살았을 뿐이다. 그래서 차분하게 내가 바라보는 세상에 대해 말씀을 드려보았다.

"조심스럽지만, 저는 총괄본부장님의 얘기가 진심으로 마음에 와닿았어요. 대리기사라는 직업을 경험 삼아 한 번쯤 해볼 건 아니라고 봐요. 하지만 동일한 메타인지로 바라봤을 때, 대리기사라는 직업을 경험 삼아 해보며, 또 다른 세상을 배워보려 했던 그 교수님의 생각 역시 그분 고유의 세계관에서 비롯된 것이기에 존중받을 필요가 있을 거 같아요."

과거 통제할 수 없었던 시련에 내몰려 세상을 등지려 했던 절망의 순간을 넘어온 나로서는 총괄본부장님의 생각과는 다르게 처음부터 '모든 사회적 지위를 내려놓고 대리기사를 하면서 평온하셨다던 전 이사장님의 달관한 마음'을 충분히 이해할 수 있었다. 그 사람이 느끼는 행복의 깊이는 일반인의 시각에서 바라봤을 때는 이해되지 않을 수 있다. 마찬가지로 총괄본부장님이나 교수님 모두 자신의 시각으로 각자 다른 인생을 경영해나가고 있는 거다. 누가 옳고 그르고의 문제가 아니다. 담담하게 다음 이야기를 이어가 보았다.

"한때, 마음이 병들어서 그걸 극복하고 싶은 생각에 심리학책이라는 심리학책을 닥치는 대로 읽었던 적이 있었어요. 결과적으로 어떤 심리학책도 뚜렷한 해결책이 되어주지 않더군요. 심리학자들은 자신이 소속되어 있는 학파에 따라 인간의 심리에 대해 전혀 다른 주장을 펼치고 있었어요. 행동주의 심리학파의 거장 프레드릭 스키너는 정신분석학파를 비난하고, 정신분석학파의 거장 지그문트 프로이트는 행동주의 심리학파를 인정하려 들지 않더군요. 그렇게 전문가라는 사람들 역시 자신이 살아온 각자의 환경에 의해 형성된 자신만의 이론으로 세상을 바라보고 있더군요. 마찬가지로 우리는 모두 자신의 고유한 믿음 체계 안에서 동일한 현상도 다른 방향으로 재창조해 받아들이고 있어요. 따라서 우리는 모두 내 관점만 옳다는 오만에 빠지기 전에, 개별적 자아를 인정하고 생각의 차이점을 이해하며 포용해주어야 한다고 봐요."

총괄본부장님은 이 얘기를 들으신 후 깊은 생각에

잠겨있으셨다. 그러고는 우리 인류가 생각의 차이를 존중해야 할 특별한 이유가 뭐라고 생각하는지 물어보셨다.

  "일찍이 하버드 대학교의 석좌교수, 사무엘 헌팅턴이 그의 명저 '문명의 충돌'을 통해 갈등과 반목이 목도되고 있는 세상에 경고한 바가 있었죠. 기독교 세력과 이슬람 세력이 자신의 믿음만 옳다는 독단에 사로잡혀, 상대방의 존엄을 존중하지 않고 서로 파괴하고자 할 때 세상은 멸망할 수밖에 없을 것을, 세상은 포용이 아닌 적대의 칼날 속에 결국 사라질 것에 대해서요."

  총괄본부장님은 한 청년 대리기사의 이야기에 끝까지 주의 깊게 귀를 기울이고 계셨다.

  "그는 공룡 시대의 종언을 예로 들며 다양성의 존중에 대해 무엇보다 강조했어요. 공룡은 하나로 수렴되었기에 운석 충돌이라는 예상치 못한 상황이 도래되었을 때, 모두 멸망하고 말았죠. 한 가지로 귀결된 세상은 외부의 변수에 대해 취약해질 수밖에 없거든요. 다양성이 보장되어야 인류가 예측하지 못한 변수가 도래했을 때, 이를 해결하기 위한 선택지를 여러 가지 가지고 있을 수 있는 거죠. 우리 인간의 식견으로 미래를 함부로 예단할 수 없기에 우리는 나와 다른 생활 방식과 생각을 잘못된 것으로 치부해버리기보다 존중하고 포용해줘야 한다고 봐요. 그래서 제가 생각했을 때는 그 이사장님이나 교수님 또한 그분들의 관점에서 본인의 삶을 살고 있던 거고, 총괄본부장님 역시 고유한 세계관으로 남부럽지 않은 인생을 만들어 가고 있는 거라고 봐요. 다들 각자의 색깔로 빚어낸 개성 가득한 여정을 살아가고 있기에 아름다운 것 같아요. 이 또한 어디까지나 제 생각일 뿐입니다."

이 얘기가 끝을 맺었을 때는 이미 총괄본부장님의 자택 앞에 당도해 있었다. 한참을 생각하고 계시다가 환하게 웃으시며 도입부의 덕담을 해주셨다. 연락처를 교환한 우리는 서로 그날의 만남을 소중하게 간직하기로 했다.

그 누가 코로나19 사태를 예측할 수 있었을까?
이보다 더 예상 밖의 상황들이
언제든지 우리 인류에게 닥칠 수 있다.
하나로 귀결된 사회는 이런 위기 상황에
다 같이 무너져버릴 수 있다.
다름을 포용하고 다양성이 존중될 때,
지구 생태계는 더욱 풍요로워진다.
갈등과 반목이 가져올 전쟁에서 벗어날 수 있을 뿐만 아니라
인간 미물이 감히 예상하지 못한 변수에 대한 해결책도
하나 더 갖게 된다.
다른 사람이 어떤 마음으로 어떻게 사는지에 대해
함부로 판단하지 말라.
타인에게 피해 주는 행위가 아니라면,
각기 다른 삶의 모습을 인정하고 존중해줘야 한다.

아름다운 젊은 날의 자화상

　영화 주연배우같이 잘생긴 훈남 대리고객을 모시게
됐다. 마침 여자친구와 800일 기념일을 보내고 집으로
돌아가는 길이라고 했다. 모처럼 대리기사를 불렀더니
생애 처음으로 아프리카TV 생방송에 참여해보게 되
었다며 정말 신기해하셨다. 그분은 바로 자신의 여자
친구에게 전화를 걸어 이 뜻밖의 상황에 대해 알렸다.
곧이어, 그 여자친구분이 대리기사 생방송에 시청자로
참여했다.

"저에게 있어서 오늘만큼은 정말 드라마 같은 날이 네요. 800일 기념일을 마치고 대리기사를 불렀더니 마침 이런 신기한 경험을 하게 되어서요. 제 여자친구가 시청자로 참여해 용진캠프님과 저의 대화에 함께하고 있다는 게 놀라워요."

그분에게 한 시청자분이 800일이라는 긴 시간을 변함없이 함께하고 있는 사랑의 비결이 무엇이냐고 물어보자 그분은 서로를 향한 믿음이 가장 중요한 것 같다고 답해주셨다. 그래, 사랑은 무엇보다 서로에 대한 신뢰를 바탕으로 튼튼하게 성장해 나가는 거다. 어떤 순간에도 상대방을 절대적으로 믿어줄 수 있다면 무슨 난관이 닥쳐도 함께 슬기롭게 극복할 수 있다. 그런 믿음의 성을 쌓기 위해 우리는 사랑하는 이를 언제나 진심으로 대해야 할 것이다.

온라인과 오프라인의 경계가 허물어진 세상에서 이 아름다운 커플의 특별한 날을 기념해 행복한 추억을 만들어 드리고 싶었다. 남자친구분이 노래에 자신감을 느끼고 계신 것 같았기에 방송을 보고 계시는 여자친구분을 위한 사랑의 세레나데 한 곡을 불러 달라고 부탁해보았다. 마침 여자친구분은 라이브 채팅창에 폴킴의 명곡 '너를 위해'를 신청곡으로 써주셨다. 이 대리고객은 자신의 여자친구를 위해 정말 감미롭게 노래를 불러주셨다.

가수 못지않은 놀라운 노래 실력에 그 자리를 함께했던 모든 이들은 감탄하게 되었다. 이 아름다운 커플이 보여준 사랑의 세레나데 현장은 대리기사 라이브 영상 안에 그대로 담기게 되었다. 이 커플이 보여줬던 드라마같이 아름다운 젊은 날의 자화상을 언제나 축복하고 싶다.

아프니까 청춘이라던데
그 말이 참, 일리가 있다.
마찬가지로 이렇게 말하고 싶다.

마냥 이토록 즐겁고 행복하니까 젊음이다.

그리고 그 젊음은 신체 나이가 아닌

우리의 마음 나이에 달렸다.

우리 함께 희망찬 젊은 오늘을 가꿔나가자.

도전하는 삶

대리기사를 오랫동안 하다 보니까 유명한 사람들을 모시기도 했다. 우연히 유명 가수 어쿠스틱콜라보를 모셨던 적도 있고, 지상파 프로그램에 자주 나오던 유명 개그맨이나 대한민국 국가대표 운동선수를 모셨던 적도 있다. 유명 인사 중 가장 기억에 남는 대리고객은 세바시라는 강연 프로그램에서 4차 산업 혁명에 대해 명강연을 했던 성균관대학교의 최재붕 교수였다.

눈발이 살짝 날리는 어느 겨울, 차가운 밤공기를 뚫

고 대리기사 업무를 수행하고 있었다. 그날 세 번째로 모시게 된 대리고객은 첫인상부터 동네 아저씨처럼 무척 포근해 보였다. 처음에는 어떤 분인지 잘 몰랐는데 알고 보니 당시 TV에 종종 출연하고 계시던 성균관대학교 최재붕 교수님이었다. '사람으로 풀어보는 4차 산업 혁명 이야기'라는 명강연으로 우리 사회에 좋은 화두를 던지고 계시는 분이기도 했다.

최재붕 교수님은 교사를 그만두고 대리기사로 세상과 소통하고 있다는 나의 얘기에 처음부터 큰 흥미를 보이셨다. 그러면서 세계 유수 글로벌 기업들이 추구하는 인재상을 구체적으로 예로 들면서 창조적 인재의 중요성에 대해 말씀해 주셨다. 세계 7대 기업들은 학벌 등 기존에 중시되던 스펙을 더는 보지 않고, 이 시대에 새로운 사고와 방식으로 도전하는 사람들을 원한다는 거다. 고정관념의 울타리를 열 수 있는 창조적 인재들이 새로운 세상을 이끌어 갈 수 있기 때문이다.

정보통신기술의 융합으로 태동한 4차 산업 혁명 이후, 우리 사회는 급변하고 있다. 너나 할 것 없이 스마트폰을 소유하고 있으며 생산자와 소비자가 쌍방향으로 소통할 수 있는 온라인 플랫폼이 대중화되고 있다. 당장 어디서든 시청자들과 실시간으로 대화를 나누며 함께 대리기사를 하고 세계여행 방송을 만들어 가고 있는 나 역시 4차 산업 혁명이 가져온 문명의 이기를 십분 활용하고 있는 거다. 이제 우리는 구태의연한 구시대적 사고의 틀을 모두 혁신해야 한다. 그러기 위해서는 무엇보다 남들이 아직 가지 않는 길을 과감하게 개척하며 나아갈 수 있는 용기가 필요하다.

훌륭한 교수님의 면대면 강연 덕분에 정말 중요한 것에 대해 배울 수 있었다. 새롭게 펼쳐질 세상을 향해 모든 것을 걸고 도전해볼 용기도 얻을 수 있었다. '대리기사님이 바로 새로운 시대가 원하는 인재다.'라는 최재붕 교수님의 덕담이 나의 작은 가슴 속에 아로새겨졌다. 교수님은 대리운전 팁으로 거금을 주시면서 한 젊은 대리기사의 미래를 응원해주셨다. 교수님의 그런 응원 덕분에 한 단계 더 도약할 날을 기다리며 오늘도 포기하지 않고 끊임없이 도전해 나가고 있다.

세상은 끊임없이 변한다.
한 자리에 멈춰있는 것이 바로 후퇴하는 거다.
부단히 쇄신하며 진화해 나가야 한다.
남들 다하는 걸 하기보단 새로운 걸 개척해 나가자.
도전을 멈추지 말고 무한한 내일을 향해 달리자.
그렇게 우리는 우리의 운명을 창조해 나간다.

생방송으로 소통하며 대리기사를 하다 보면 근방에서 방송을 보고 있던 시청자들이 인사하러 오기도 한다. 특히 외지에 고립되어 있을 때는 자가용을 몰고 와 번화가까지 태워주시는 분들로 큰 도움을 받을 때가 있었다. 그날, 경기도 어느 외곽지에서 한 시청자가 제공해주는 차를 타고 이동하던 중 주변에서 대리운전 오더가 들어왔다. 얼른 수락 버튼을 누르고 대리고객이 있는 위치로 이동했다.

그곳에서 모시게 된 대리고객은 의료기기 회사에 다니고 있는 건실한 청년이었다. 사회 경험이 그리 오래되진 않았지만, 책 읽기를 좋아해서 뚜렷한 소신으로 사회를 통찰하고 있었다. 그 덕분에 우리 사회 소시민의 자본주의 사회에 대한 예리한 시각을 읽을 수 있었다. 대리기사 생방송 중 그가 전했던 얘기의 요지는 분명 우리 사회에도 좋은 메시지가 될 것 같기에 그의 생각을 이 장에 그대로 담아보려 한다.

먼저 그와 일상 얘기를 나누던 중 자본주의 사회에 대한 단상으로 대화의 흐름이 이어졌다. 그는 자본주의 사회에 대해 우려 섞인 견해를 피력했다. 자본주의는 자율 경쟁을 근간으로 하기에 지식이 있고 재능이 있는 사람들은 다른 사람들에 비해 부를 더 가지고 갈 수밖에 없다. 문제는 그 부의 격차가 시간이 지나면서 기하급수적으로 더 크게 벌어진다는 거다. 왜냐면 돈이 돈을 재생산하는 속도가 노동으로 돈을 벌어들이는 속도와는 비교할 수 없을 만큼 빠르기 때문이다. 단적으로 사람은 잘 때 일을 못 하지만, 자본의 재생산 활동에는 체력적인 한계와 시간적 경계가 무의미해진다.

따라서 자본주의를 통해 과거 계급사회를 탈피했다고 하지만, 실상은 부의 급격한 격차로 인해 신계급 사회가 등장하게 됐다. 보조를 맞추기 힘들 정도로 크게 벌어진 격차는 소외계층의 박탈감을 유발하고 이게 사회 통합을 저해하는 요인이 되어버린다. 그걸 사회 복지 제도를 통해 사회 구조적으로 하위에 있는 계층의 사람들을 위로 끌어올리는 정책을 펼친다고 하지만 이미 그 정책을 펼치는 위치에 있는 사람들 역시 대부분 자본을 어느 정도 가지고 있는 사람들이다.

그는 인간이 본능적으로 자신의 것을 지키려고 하기에 자본의 우위를 점하고 있는 사람들이 양보하기 힘들 거라고 보았다. 일견 타당한 주장이지만 또 한편으로 우리 사회도 점차 부의 세습을 경계하며 사회 통합을 위해 자신의 것을 내려놓으려는 기득권 계층의 사람들이 등장하고 있다. 아직 많지는 않지만, 우리는 자신이 일군 부를 사회에 환원하는 기업가의 미담을 종종 신문으로 읽기도 한다.

이처럼 사회를 위해 행동하는 가진 자들의 헌신은 더 나은 대한민국을 만드는 데 큰 역할을 할 것이다. 더불어 기부나 봉사활동은 사실 그렇게 멀리에 있지 않다. 꼭 큰돈을 기부하는 게 아니더라도 좋고 거창한 규모의 봉사활동이 아니라도 좋다. 어려운 우리 이웃을 생각하고 조금이나마 그들에게 도움을 주려는 작은 정성이 모일 때, 우리 사회는 살만한 세상이 되어 가는 거다. 우리 사회는 각계각층에서 말뿐만이 아닌 행동하는 사람들이 필요하다.

나 또한 이렇게 묵묵하게 대리기사를 해나가며 훗날 우리 사회에 빛과 소금이 될 수 있는 정치가가 되길 희망하고 있다. 우리는 선거철에만 반짝 서민들의 옷을 입고 시장을 돌아다니며 서민 흉내 내는 현대 한국 사회 정치인들의 초상을 봐왔다. 누군가가 한국을 이끌어갈 위치가 되어서도 초심을 지켜 대중들과 가까이서 소통할 수 있는 대리기사의 직업을 유지해 나간다면 얼마나 진한 감동이 될까? 언제나 낮은 자세에서 일선 현장의 다양한 목소리에 귀 기울이는 삶을 살고 싶다. 세상의 때가 묻지 않은 어린이들이 장래희망으로 대통령을 말하고는 한다. 나는 세상 물정을 아직 잘 몰라서 이런 꿈을 포기하지 못한 걸까? 결코 쉽지 않은 꿈이지만 차근차근 세상을 담을 나의 그림을 그려나가고 있다.

세상을 바른 방향으로 건설해나갈 사람들은
다른 세계의 누군가가 아니다.
그들은 우리 곁에서 이 시대를 걸어가고 있는 소시민들이다.
바로 우리 자신들이다. 우리가 행동으로 나설 때,
모두가 함께할 수 있는 사회 통합의 길은 멀지 않을 거다.
이제 우리가 함께 장막을 걷어 머리를 맞대고
세상을 이야기해야 한다.

공간을 초월한 온라인 아고라에서

계층과 지위를 넘어 허심탄회하게 소통해보자.

Chapter 3

인생의 성공만이
아름다움은 아니다

　"내 아들이 대리기사 일하는 게 정말 못마땅했는데 네가 샤이니같이 좋은 사람을 만나려고 그랬나 보다. 대리기사 일을 열심히 해나가는 걸 앞으로는 응원하마."

　얼마 전, 45년을 국공립학교에서 선생님으로 근속하신 어머니께서 내게 해준 말이다. 샤이니는 내 한국인 아내의 영어 이름이다. 어머니는 샤이니가 조건만 따지는 요즘 젊은 세대 같지 않고 마음이 바르고 곧은 사람이라며 누구보다 예뻐하신다. 샤이니도 모든 부분에서 아들보다는 자신의 편을 들어주시는 우리 어머니가 친엄마같이 좋단다. 지금은 내 삶의 반쪽이 된 아내 샤이니는 처음에는 대리기사를 하며 우연히 모시게 된 내 대리고객이었다.

아내를 처음 만나던 날을 지금도 선명하게 기억한다. 무덥지 않게 선선한 바람이 불던 어느 여름 저녁 8시 30분쯤, 아프리카TV 생방송을 송출하며 대리기사를 뛰고 있던 나에게 대리 호출이 하나 들어왔다. 대리 호출이 들어온 장소로 뛰어가니 그곳에 아름다운 그녀가 서 있었다. 테니스 연습을 마치고 함께 운동한 친구들과 편의점 테이블에서 맥주를 마신 샤이니는 생애 처음으로 카카오 대리를 불렀다고 했다.

그런 샤이니에게 생방송 카메라를 내 얼굴 쪽에 두고 이렇게 방송 허락을 구했다. "저는 대한민국 행복방정식을 찾아가고 있는 대리기사이자 온라인 방송인입니다. 제가 운전하기 전에 카메라를 고객님 차 앞에 고정해 놓고, 댁으로 모시고 가는 동안 행복에 대한 고객님의 생각을 생방송으로 담아 봐도 될까요? 물론, 운전 중에 올라오는 채팅창은 고객님이 대신 읽어주셔야 합니다. 도로 교통 법규를 준수해야 하거든요."

그녀는 씽긋 웃으며 생방송 참여를 허락해줬다. 행복이 무엇인 거 같냐는 질문에 그녀는 행복이란 작은 것에도 감사할 줄 아는 마음으로부터 만들어지는 거라 생각한다고 답해주었다. 소소한 일상에서도 행복을 느끼려고 노력하는 그녀는 마음이 참 따뜻했다. 자신의 아파트 앞에 도착했을 때, 대리기사님 덕분에 안전하게 잘 왔다면서 나를 편의점으로 데리고 가서 먹을 것을 몇 가지 챙겨주었다. 나는 그중 하나를 뜯어 허겁지겁 먹다가 다음 대리운전 콜이 왔다며 황급히 자리를 떴다.

나를 만나기 전까지 아프리카TV란 게 뭔지도 모르던 그녀는 그날의 생방송 출연 이후, 눈이 오나 비가 오나 꾸준하게 대리기사 생방송을 하던 나의 온라인 세상에 한 명의 시청자로 찾아주었다. 서로 마음이 끌린 우리에게 온라인과 오프라인의 경계는 무의미해졌고, 다소 독특하게 보일 수도 있는 우리의 사랑은 그렇게 시작되었다. 우리는 함께 포르투갈, 아이슬란드, 영국, 노르웨이 등을 여행했고, 몇 년 후 백년가약을 맺게 되었다.

　　어린 시절 바다를 바라보며 세상을 꿈꾸던 모험가는 자신의 꿈을 향해 달려나가다가 그렇게 바다같이 넓은 마음을 가진 아내 샤이니를 만나게 되었다. 자식의 무모한 도전을 한심하게 바라보시며 대리기사란 직업을 무엇보다 싫어하시던 부부 교사 부모님은 내 아내 샤이니의 존재로 인해 이제는 밤을 달리는 이 일을 누구보다 든든하게 응원해주고 계신다. 그래, 세상일은 모르는 거다. 그렇기에 우리는 지금도 매 순간 꿈을 향해 도전해 나가고 있다.

인생은 참 신기하고 놀라운 거 같아.
남들이 다 경시하는 직업을 묵묵히 했기에,
남들이 다 선망하는
예쁘고 참한 아내 샤이니를 만날 수 있었어.
이렇게 누구에게나
놀라운 동화 속 이야기가 펼쳐질지 모르기에
남들의 편견 따위 다 무시해버리고
매 순간 즐겁게 살아가면 되는 거야.
혹시 알아? 나처럼 예상하지 못한 순간,
운명의 연인이 당신 앞에 나타날지.

더 큰 세상, 남미 대륙으로의 모험

우리는 누구나 한 번 이상은 여행을 한다. 사실 태어나서 눈을 뜨는 순간 이미 당신은 인생이라는 여행을 시작하게 되는 거다. 여행 속에서 우리는 으레 다양한 상황들을 마주하게 된다. 어떤 상황이냐에 따라 기쁨, 슬픔, 감동, 희열, 고통, 번뇌 등 각기 다른 감정을 가지고, 삶의 단면을 경험한다. 그 경험이 무엇이든 세상을 좀 더 알아가게 된다.

'지금까지 내가 갖고 있던 관점만이 올바른 것일까?', '세상을 너무 부정적으로만 봐왔던 게 아닐까?' 혹은 '세상을 너무 낙관하기만 했던 게 아닐까?'

나 역시 마찬가지였다. 여행하면 할수록 기존에 가지고 있던 나와 외부를 바라보는 시각에 균열이 일어났다. 세계여행 전에는 우리 사회의 시선이 전부라고 생각하며 뉴스 기사로 들려오던 제3세계의 실상을 비판적인 시선으로만 바라봤다. 내가 살아온 사회문화적 환경과 담론 안에서는 그들의 불안한 치안과 더딘 경제 성장이 이해되지 않았다.

남미 여행은 좁은 시야에 막혀버린 틀 안에 갇혀 지내던 내 사유를 열린 창으로 해방하는 계기가 됐다. 여담이지만 덕분에 자연스럽게 불안장애를 완전히 극복할 수 있었다. 우리나라에서 직항 노선이 운행되지 않는 지구 반대편의 대륙 남미는 지금까지 두 번에 걸쳐서 갔다. 아프리카TV BJ로서 시청자들과 생방송으로

함께 여행하기도 했고, 생방송 세계여행을 시작하기
전에 남미 일주를 하기도 했다.

남미 여행기로는 파라과이, 브라질, 볼리비아, 콜롬
비아에 대해 다뤄보려 한다. 앞의 세 나라는 아프리카
TV 생방송으로 세계여행을 송출하기 전에 다녀왔던
곳이고 뒤의 콜롬비아는 모든 여정을 아프리카TV 생
방송으로 송출했던 곳이다. 전자와 후자 사이에는 대
략 5,6년이라는 간격이 있으니 세상과 삶에 대한 나의
관점에도 분명한 차이가 있을 거다. 남미 여행 속에서
어떤 경험을 했기에 무엇을 계기로 어떻게 생각이 바
뀌게 되었을까? 때로는 무모해 보이기도 했던 좌충우
돌 남미 모험이 지금부터 펼쳐진다.

뒤에서 하는 험담을
그대로 믿지 마세요

　파라과이의 아침이 밝았다. 이틀 차 아침부터 청명
하게 지저귀는 새 소리가 귀를 간지럽힌다. 지금까지
파라과이에 와서 제대로 구경했던 거라고는 지금 내가
앉아서 바라보고 있는 이 호스텔 앞마당이 전부다. 어
제저녁 파라과이 수도 아순시온에 도착했지만, 호스텔
주인장 라이언이 여기는 무법자들의 도시이기에 밤에
는 밖으로 나가지 말 것을 당부했었다. 그는 영국인이
었는데 현지 파라과이 여성과 만나 아이를 낳게 되면

서 이곳에 정착하게 됐다고 했다. 현지 사람들을 바라볼 때면 그의 얼굴에 드러나던 특유의 의심하는 눈초리가 아직도 기억난다. 어쨌든 그의 의견대로 첫날은 호스텔에서 머물면서 쉬었다. 아침이 밝았고, 호스텔에서 나오는 조식을 먹었다.

오전 11시가 돼서야 이중 자물쇠로 잠겨있던 호스텔 문을 열고 나섰다. 황열병 예방 접종 주사를 맞기 위해 아순시온 국립의료원으로 향했다. 다음 여정인 볼리비아를 방문하기 위해서는 황열병 예방 접종 증명서가 있어야 했기 때문이다. 파라과이 국립의료원에서는 황열병 예방 접종 주사를 무료로 맞을 수 있었다. 버스를 타고 국립의료원으로 가던 중 옆자리에 앉아 있던 파라과이 친구가 말을 걸어왔다. "너 어느 나라에서 왔어?" "한국에서 왔지." 주위에 동양인이 많지 않아 신기하게 생각하는 것 같았다. 이 친구의 이름은 가보 소사였는데 이런저런 얘기를 하면서 금세 친해지게 되었다. 가보는 물었다. "그런데 너 어디로 가는 거야?" 국립의료원에 황열병 예방 접종 주사를 맞으러 간다고 하니까 자기는 바쁜 게 없다며 함께 가서 도와주겠단다.

이 친구는 원래 아순시온 국립대학교에 다니는데 당시 방학 기간이라 학교에 가지 않았다. 낯선 사람의 호의를 경계하는 사람들도 있겠지만, 파라과이란 나라에 대해 사람들이 갖고 있던 부정적인 선입견이 진짜인지 한번 보고 싶어졌다. 전날 한 영국인으로부터 전해 들었던 파라과이 사람들에 대한 부정적인 견해가 타당한지는 이 친구와 어울려보면 알 수 있을 거다. 전해 들은 거로 이들을 정의해버리는 것보다 직접 겪어보고 판단하는 것이 훨씬 나을 것 같았다.

가보 소사는 국립의료원 주변 버스 정류장에 함께 내려서 주변 사람들에게 황열병 예방 접종 주사를 맞는 곳이 어딘지 대신 물어봐 줬다. 덕분에 무사히 예방 접종 주사를 맞을 수 있었다. '이제 이 접종 증명서를 가지고 볼리비아 대사관을 찾아가서 관광 비자를 발급받을 수 있다.' 그에게 고마움의 표시로 뭐라도 대접하고 싶었다. 카페는 보이지 않아 마트에 들려 마실 것을 사서 줬다. 오히려 자신이 결제하려고 했던 가보는 이렇게 얘기했다. "다음에는 내가 꼭 대접할게. 우리나라에 머물면서 도움이 필요하면 언제든지 연락 줘." 메신저 연락처를 교환하고 한결 가벼워진 마음으로 그와 헤어졌다. 파라과이 친구 가보 소사 덕분에 낯선 나라 파라과이에 대한 막연한 두려움의 장막이 걷혔다.

다음 날도 이 친구와 어울렸다. 가보 소사에게는 낡은 승용차가 한 대 있었는데, 이 차를 타고 대중교통 수단으로는 가보기 힘든 아순시온 교외 지역을 방문해 봤다. 확실히 파라과이는 발전의 여지가 많은 나라였다. 그 역시 그걸 잘 알고 있었다. 꿈이 아주 야무졌는데 파라과이의 대통령이 돼서 가난하고 부패한 조국을 탈바꿈시키는 거였다.

승용차로 이동 중에 한 번은 지역 경찰이 우리를 아

무 이유 없이 세워놓았는데 돈을 주면 가게 해주겠다며 돈을 요구했다. 가보는 화가 나서 경찰과 오랫동안 언성을 높이며 실랑이를 했다. "부패한 더러운 경찰들" 결국 돈을 쥐어주고 그곳을 빠져나왔는데, 오히려 나에게 조국의 이런 모습을 보여줘서 미안하다고 했다. 파라과이의 적나라한 실상을 눈앞에서 목격했지만, 가보와 같은 사람도 있기에 파라과이에 변화의 여지가 있을 거라 생각했다.

가보는 자신의 집으로 나를 초대하기도 했다. 그의 집은 외부에서 봤을 때, 우리나라에서 볼 수 있는 판잣집 같은 느낌이었다. 집 안에 길쭉하게 난 마당에서는 개들을 풀어놓고 키우고 있었다. 가보는 부모님과 동생들과 함께 살고 있었는데, 이들 역시 낯선 동양인을 이내 자신들의 가족처럼 대해주셨다. 가보의 부모님은 맛있는 파라과이 방식의 음식을 대접해주셨다. 우리는 마당 가운데 있는 숯불에서 소시지와 고기를 구워 먹으며 하늘이 별빛들로 물들 때까지 많은 이야기를 나

넜다.

　그의 가족은 따뜻하고 사람 향기 나는 사람들이었다. 그리고 가보 소사가 얼마나 생활력이 강한 친구인지 알게 됐다. 그는 부모님에게 손을 벌리기는커녕 집안 살림의 일부도 보태고 있었는데, 저렴하게 오디오나 신발 등의 중고제품을 구매해서 다른 사람에게 차액을 남기고 되파는 중고제품 중계 사업을 하고 있었다. 이렇게 번 돈으로 집안 살림에도 보태고 자신의 대학교 학비는 물론 동생들의 교육비에도 도움을 준다고 했다. 20대가 된 지 불과 얼마 되지도 않은 친구가 말이다.

　'나는 이 친구의 나이 때, 이 정도였나?' 치열하게 삶의 전선에서 최선을 다해 사는 가보의 모습에 자신을 반성하게 되었다.

　가보는 친구들이 많았는데 그가 소개해준 파라과

이 친구들은 하나같이 유쾌했다. 우리는 이층집에 살던 한 친구 집에 모여서 늦은 밤까지 파티하며 놀기도 했고, 다 함께 파라과이 아순시온 클럽에 가기도 했다. 그곳에서 동양인은 나밖에 없었다. 하지만 파라과이 친구들은 나를 마치 자신들의 불알친구처럼 생각해줬다. 파라과이의 밤은 내 주위에 함께 했던 현지 친구들 덕분인지 몰라도 크게 위험하지 않았다. 오히려 밤에도 정 많은 파라과이 사람들이 부대끼며 살아가는 공간이라는 생각이 들었다. 그렇게 이 친구들과 함께 신나게 놀다가 새벽 2시가 되어서야 호스텔로 들어가 잠들었다.

그렇게 파라과이에서 기존 계획과 다르게 긴 시간을 머물렀다. 파라과이는 위험하고 볼 것 없다는 인식 때문에 외국인 관광객이 많지 않았다. 어느 정도였냐면 호스텔에 머무는 손님도 나 혼자여서 내가 호스텔 전체를 전세 내서 쓰는 느낌마저 들었다. 나 역시 처음에 이곳에 왔을 때 볼리비아를 들어가기 위한 관문쯤으로 생각했었다.

하지만 세계여행은 그 나라에서 어떤 친구들을 만나 어떻게 국제교류하느냐에 따라 그 나라의 속살을 더 가까이서 들여다볼 좋은 기회를 얻게 된다. 개인적으로 가보 소사라는 좋은 친구 덕분에 파라과이에 머무는 시간이 흥미로웠다. 그들의 문화를 그들의 관점에서 바라보게 되었고, 어디든지 음지가 있다면 양지역시 존재한다는 깨달음을 얻었다.

남을 통해 전해 듣는 이야기로 어떤 이들에 대해 프레임을 씌어버리고 예단해버린다면 그보다 안타까운건 없을 거다. 누군가를 대할 때 직접 경험해보기도 전에 주변의 평판으로 선입견을 품고 색안경을 끼고 바라봐서는 안 된다. 열린 자세로 새로운 사실의 가능성에 문을 열고 상대방을 마주할 대담함이 필요하다.

더욱이 사람도 국가도 시간이 흐르며 성장하고 발

전해 나간다. 때로는 좌절하고 파괴되기도 하겠지만 결국 아픔을 딛고 다시 일어선다. 그렇게 우리의 인생과 역사는 바로 함께하며 커가는 희망의 여정이다. 당신이 그들과 함께하며 어떻게 그들의 잠재력을 믿어주고 응원해주느냐에 따라 그들은 당신을 소중한 사람으로 판단할 수도, 자신의 안위밖에 모르는 인간으로 여길 수도 있다.

마지막 날 가보와 그의 친구들이 아르헨티나로 (결국, 난 파라과이 아순시온에 있던 볼리비아 대사관의 어이없는 행정으로 아르헨티나 부에노스아이레스에 가서야 볼리비아 관광 비자를 발급받을 수 있었다) 넘어가는 버스 정류장에서 배웅해주며 했던 말이 아직도 기억에 남는다.

"킴! 너를 통해 한국인, 일본인이라고 하면 이기적이라고 부정적으로 생각했던 우리의 생각이 틀렸다는 것을 깨달았어. 네가 말했듯이 열심히 공부하고 노력

해서 파라과이를 대표하는 사람이 되도록 최선을 다할
게."

여행하고 새로운 친구들을 사귀며,

그동안 절대적 진리라고 믿어왔던 믿음에

균열이 생기기도 한다.

이처럼 세상은 결코 하나로 귀결되지 않는다.

따라서 타인에게 내 생각을 강요할 필요가 없다.

세상은 다양성의 모자이크로 이루어져 있다.

부분의 조각만을 바라보지 말고,

세상이라는 예술 작품 전체를

온전히 감상할 수 있는 역량을 키워보자.

인류에 대한 더 넓은 시야 갖기

브라질 역시 한국인들에게는 남미의 여느 나라처럼 치안이 좋지 않다고 알려져 있다. 당신이 만약 대도시 리우데자네이루나 상파울루에 가게 된다면, 많은 건물이 안전장치로 철망을 사용해 창과 문을 덮고 있는 것을 발견할 수 있을 거다. 그곳에서 거리를 걷다가 현지 사람들이 다가와서 이 지역이 위험하다며 조심하라고 경고했던 게 기억난다. 한 외국인들이 브라질 리우데자네이루 거리에서 단체로 자전거를 타다가 총으로 위협받던 장면이 유튜브 영상으로 돌던 때였다. 관광객들에게 그만큼 안전한 곳이 아니라는 건 자명한 사실이었다.

하지만 상대적으로 대도시를 벗어난 지방에서는 관광객들을 대상으로 한 치안 문제가 크게 일어나지 않고 있었다. 그건 아마도 그곳 사람들이 아직 때 묻지 않아서일 거다. 세상에서 가장 큰 폭포 이구아수 폭포가 있는 브라질 남부 파라나주의 이구아수 국립공원을 방문 했을 때가 그랬다. 마치 한국의 시골 인심이라는 용어가 이곳에서도 통용되는 듯했다. 역시 환경이 사람을 만들었다. 그곳 사람들은 자연과 벗하며 살고 있어서 그런지 때 묻지 않은 순박한 면을 가지고 있었다.

관광객들은 보통 이구아수 폭포를 가기 위해 그곳과 매우 가까운 포스 두 이구아수라는 소도시에서 머무는 편이다. 대중교통을 이용해 이구아수 폭포까지 쉽게 갈 수 있었기에 나 역시 버스터미널에서 멀지 않은 숲과 어우러진 한 호스텔에 짐을 풀고 거리로 나섰다.

첫날은 이구아수 폭포를 가기보다 마을을 구경하고 싶어서 어둠이 내릴 때까지 여기저기 돌아다녔지만, 브라질 대도시에서처럼 위험을 경고하는 현지인은 없었다. 오히려 호스텔의 담은 낮았고 대문은 활짝 열려 있었다.

다음 날 아침, 호스텔에서 나오는 조식을 먹고 바로 이구아수 폭포로 향했다. 이구아수 폭포는 브라질과 아르헨티나 국경 쪽에서 바라볼 수 있었는데 서로 바라보는 경치가 다르고 각기 다른 매력이 있어서 하루에 두 군데 모두를 보려면 아침 일찍 서둘러 나서야 했다. 일정 중간에 국경을 통과해야 하기에 여권을 지갑에 넣고 가벼운 차림으로 거리로 나왔다. 지나가는 사람들에게 브라질 국경 쪽 이구아수 폭포를 가는 방법을 물어봤는데, 친절한 현지인들의 안내 덕분에 비교적 쉽게 버스를 타고 이구아수 국립공원 입구에 도착했다.

이곳에 내려 매표소에서 국립공원 입장권을 구매하고 옆을 보자, 이구아수 폭포 전망대 방향으로 가는 국립공원 버스를 타기 위해 줄 서 있는 사람들이 있었다. 이 국립공원 버스는 최종 전망대까지 가기 전에 여러 곳에서 내릴 수 있었는데, 사람들이 가장 많이 내리는 세 번째 정거장에서 내려 트레킹을 시작했다. 웅장한 물줄기 소리가 나는 방향으로 산책로를 따라 걷자, 얼마 지나지 않아 장엄한 이구아수 폭포의 위용이 드러나기 시작했다.

산책로를 따라 걷다 보니 일부 폭포 줄기 위를 걸을 수 있는 철재 다리가 나왔다. 이 다리는 이구아수 폭포의 백미라고 할 수 있는 악마의 목구멍에 좀 더 가까이 다가갈 수 있게 해주었다. 악마의 목구멍은 U자형으로 이구아수 폭포의 많은 물줄기가 병풍처럼 길게 펼쳐져 있는 곳이다. 이구아수 폭포에서 가장 많은 유량이 거

세게 아래로 내리꽂는 곳이라 그 아래쪽은 마치 거대한 목구멍이 똬리 틀고 있는 듯했다. 이 경이로운 대자연의 장관 앞으로 다가갈수록 점차 커지는 물줄기 소리에 맞춰 심장 박동이 빨라졌다.

수만 년 동안 굳건히 서 있던 이구아수 폭포의 장엄한 역사가 시공을 넘어 내 눈앞으로 왔다.

'사실, 대자연의 짙푸른 육신과 태고부터 시작된 자취에 비하면 우리는 한낱 미물에 불과하다. 왜 이때껏 알량한 안위를 지키고 헛된 욕심을 채우려 아웅다웅하며 살았을까?'

그 자리에서 시간을 지각하는 머릿속 시곗바늘이 동작을 멈췄다. 내가 살아온 인생에 대해 돌아보고 또 돌아봤다. 앞으로 살아갈 길에 대하여 생각하고 또 생각했다. 그때까지도 가볍게 남아있던 불안장애는 이제 더 이상 무의미해 보였다. 대자연 속에서 대자연답게 모든 것들을 그 자리에 내려놓았다.

똑딱똑딱. 아, 이런⋯. 화살 같은 시간을 지나 정신을 차리고 보니, 이구아수 국립공원의 폐장 시간이 가까워져 있었다. 부랴부랴 마지막 버스를 타고 돌아왔다. 한 가지 다짐만이 가슴 속을 가득 채우고 있었다.

'이제 난 새로운 꿈을 꾼다. 오늘 내가 본 이구아수 폭포처럼 많은 사람에게 영감을 주는 존재가 되겠다. 자연보다 찰나의 순간을 사는 인간의 삶 속에서 많은 사람이 자신만의 꿈을 꾸며 후회 없이 살 수 있도록 돕고 싶다.'

그날 가려던 아르헨티나 국경 쪽 이구아수 폭포는 다음 날 갔다. 이곳에서는 혼자 남미 일주를 하고 있던 한국인 친구를 만나 함께 다녔다. 그녀와 함께 래프팅도 하며 악마의 폭포에 근접해보았는데 물에 젖은 생쥐가 따로 없었다. 나중에 래프팅하실 때 꼭 우의를 미리 준비해 가시기를….

이제 우리는 브라질의 대도시 리우데자네이루로 떠난다. 이곳은 호주의 시드니, 이탈리아의 나폴리와 함께 세계 3대 미항으로 꼽힐 만큼 아름다운 경치를 자랑한다. 코르코바도 언덕 꼭대기에 있는 구원의 예수상을 등지고 바라보이는 리우데자네이루의 아름다운 전경은 왜 이곳이 그토록 수많은 인사의 찬사를 받아왔는지 알게 해준다.

하지만 처음 리우데자네이루에 도착했을 때는 아름다운 도시라기보다 삭막한 우범지대라는 느낌을 받았다. 워낙 한국에서부터 브라질이라는 나라에 대해 들리던 소문들도 흉흉했고, 이곳 지역민조차 핸드폰으로 호스텔 위치를 검색하고 있는 나에게 다가와 누군가 그걸 훔쳐 갈 수 있으니 주머니에 넣는 것이 좋겠다며 경고하고 있었다. 눈앞에 보이는 도시 경관도 이러한 분위기를 대변했다. 건물은 파손된 흔적을 곳곳에 안고 있었고 웃통을 까고 주위를 살피는 부랑자들도 여기저기 보였다. 이곳에 방문한 관광객이라면 경계를 놓지 않아야 할 도시라는 건 분명했다.

그런데도 이곳 역시 사람들의 정이 흐르는 곳이란 걸 깨닫게 된 건 이곳에 머물게 된 지 얼마 지나지 않아서였다. 호스텔에서 만난 영국 친구 존과 코파카바나 해변에서 아침 수영을 시도했다. 파도가 어찌나 힘이 센지 들어가서 조금만 수영을 하려 하면 우리 몸을 모래사장 쪽으로 내동댕이쳤다. 이때 존은 나에게 이런 얘기를 했다.

"이건 뭐, 세탁기 속 소용돌이 안에 빨래처럼 있다가 내팽개쳐지는 느낌이네. 파벨라에 들어가는 것보다 더 힘들어." 브라질에 전날 도착했던 난 파벨라에 대해 잘 몰랐기에 그게 어떤 곳이냐고 물어봤다. "위험한 곳이지. 가난한 사람들이 모여서 사는 곳인데 갱들이 장악하고 있어서 경찰도 들어가기 꺼린대. 여러 곳이 있는데 우리 호스텔에서 그리 멀지 않은 곳에도 있어."
호기심이 발동한 난 그에게 구글맵을 보여주며 대략적인 위치를 물어봤다.

그날 바로 파벨라로 들어가 보았다. 옷을 갈아입기 위해 호스텔로 돌아와 다른 친구들에게 파벨라에 대해 물어봐도 모두 그곳이 상당히 위험한 곳이라고 했다. 하지만 그 친구 중 누구 하나 직접 그곳으로 들어가서 파벨라의 속살을 경험해본 사람은 없었다. 분명 파벨라가 위험한 곳은 자명한 사실이기에 지금부터 내가 시도했던 파벨라 탐방은 누구도 따라 해서는 안 될 거다. 나 역시 위험할 수 있는 곳이란 걸 공감하고 빈 가방에 몇 푼의 돈만 넣고 그곳을 향해 걸었다.

언덕을 타고 올라가다가 보니 파벨라 초입에 도착했다는 걸 한눈에 알 수 있었다. 쓰러질 듯 서 있는 낡은 판잣집들과 시멘트를 대충 발라 쌓아 올린 벽돌집들이 길을 사이에 두고 파벨라 촌락을 형성하고 있었다.

그곳에서는 부부 싸움 하는 고함도 들렸고, 동네 아이들이 신나게 뛰어노는 모습도 보였다. 여기도 그저 똑같이 사람 사는 곳이라는 생각이 들 때쯤 반대편에서 한 현지 여성들의 무리가 다가왔다. 나는 그녀들에게 말을 붙였다. "여기 처음인데 혹시 너희들 영어 할 줄 아니?" 다행히 두 명의 친구가 영어를 꽤 잘했다. 그녀들은 한국에서 여행 온 내가 신기했던지 큰 호감을 보였다.

그리고 자기들이 마침 이파네마 해변 쪽으로 놀러 가고 있다며 나에게 같이 가지 않겠냐고 했다. 물론 오케이다. 그녀들은 가는 내내 나에게 이런저런 질문을 했다. 그와 동시에 파벨라의 실상과 숨은 진실에 대해 이것저것 알려주었다. 파벨라는 빈민촌을 뜻하는 지역으로 위험 단계에 따라 3단계로 나뉘는데, 자신들이 있는 이곳은 가장 낮은 단계의 위험도에 해당한다고 했다.

실제 파벨라에 대해 일반 사람들은 많은 부분을 오해하고 있다고 했다. 우선 사람들이 흔히 파벨라 갱이라고 부르는 사람들은 나쁜 사람들이기보다 자신들에게는 '부패한 브라질 경찰들로부터 마을의 주민들을 보호해주는 좋은 사람들'이라는 거다. 살인이 빈번하게 일어난다는 것도 파벨라가 커지지 않게 하려는 기득권 사람들이 만들어낸 과장된 소문이며, 살인이 발생한다고 해도 일반인들을 대상으로 일어나는 게 아니라고 했다. 파벨라에 사는 사람들이 자신들의 터전에 대해 전하는 생각은 외부에서 바라보는 시선과 확실히 온도 차가 있어 보였다.

파벨라에 대해 누가 내리는 정의가 정답인지는 아무도 모른다. 브라질의 빈민들이 대도시의 주류 사회에서 밀려 나와 어쩔 수 없이 일궈낸 터전을 제3의 시선으로 바깥에서 바라보느냐 안에서 직접 살며 느끼느냐의 차이일 뿐….

세상에는 정답이 없다.

타인이 우리를 색안경 끼고 바라보는 게 싫듯이

우리도 타인을 우리의 시각에서 함부로 정의할 수 없다.

내가 속한 집단의 단편적 기준에 함몰되기보다

시대를 함께 걷고 있는 세계인으로서

다양성 존중의 기준 위에

다른 문화와 사회를 존중하고 포용할 수 있어야 한다.

다른 이들의 관념과 행동을 이상하다고 삿대질하기 전에

나는 과연 저들의 시각에서

이상하게 느껴지는 게 아닐지에 대해 생각해보자.

다름은 틀림이라고 보는

좁은 사회에서 벗어나길 바라는 마음에서….

볼리비아 하면 다들 우유니 소금사막을 떠올릴 거다. 우유니 소금사막은 태곳적 바닷물에 잠겨있던 지층이 융기되면서 만들어졌다. 융기 후 이곳 특유의 건조한 기후에 해수가 모두 증발하고 막대한 양의 염분만이 남겨졌는데 이게 바로 우유니 소금사막이 된 거다. 특히 우기 때, 소금사막 위로 곳곳에 빗물이 고여 아름다운 소금호수로 재탄생 된다.

이곳을 방문했을 때가 마침 우기였는데 소금 위를 살짝 덮은 맑은 호수 물이 반사체가 되어 호수에도 또 하나의 선명한 하늘이 그대로 담겨 있었다. 위에도 하늘이요, 아래에도 하늘이요. 자연이 창조한 마법 같은 이 거대한 데칼코마니 작품에 넋을 놓고 심취해있던 기억이 난다. 하지만 볼리비아에는 이곳 못지않은 절경들이 곳곳에 숨어있다. 그중 페루와 국경을 사이에 두고 있는 티티카카 호수에서 특별한 경험을 하게 되었다.

장시간 비포장 길을 달려온 여독을 풀기 위해 호수가 눈앞에 펼쳐진 카페의 테라스에 앉아 음료 한 잔을 마시며 쉬고 있었다. 마치 바다처럼 광활하게 펼쳐진 호수의 먼 수평선을 응시하고 있을 때, 한 현지인이 다가와 호수 위에 떠 있는 태양의 섬을 꼭 한번 가보라고 추천해 주었다. 그 섬이 잉카 문명의 발상지로 매우 신성한 곳이라고 했다. 그곳에서 시작된 잉카인들은 훗날 남미 최대의 고대 제국인 잉카 제국을 건설하게 된다.

며칠 후, 배를 타고 바로 그 태양의 섬으로 들어갔다. 무려 180여 개의 잉카 유적들이 산재해 있는 섬이기에 잉카 시대의 옛 발자취를 따라 걷는 듯했다. 태양의 섬 능선을 따라 남북으로 이어진 돌길은 아래로 펼쳐진 계단식 밭이 있는 섬의 사면과 푸른빛으로 반짝이는 티티카카 호수를 함께 조망하며 걷기 좋았다. 섬 곳곳을 트레킹 하는 동안 사람이나 라마, 당나귀 등의 동물들이 보이기도 했지만, 식물 외에는 아무 생명체도 보이지 않을 때가 많았다.

뒤를 돌아보자 워낙 물결이 잔잔해 마치 정지하고 있는 것만 같은 티티카카 호수를 배경으로 시공이 그대로 멈춰버렸다. 티티카카 호수가 파노라마처럼 펼쳐져 있는 태양의 섬 전망대에 올랐을 때도 그랬다. 태양의 섬과 티티카카 호수를 제외하고는 사방팔방이 청명한 하늘로 뒤덮인 그곳에서 시간의 흐름과 공간의 변화는 더 이상 의미가 없었다. 고대 잉카 시대부터 존재해온 이 비현실적인 공간 안에 홀로 서서 형용할 수 없는 영롱한 기운을 느꼈다. 잉카인들의 숨결을 담아 드넓은 호수를 횡단해 온 미풍은 끊임없이 귓가를 간지럽혔다.

그 마법 같은 공간에서 마음 깊이 눌려있던 심리적 갈등이 사라져버린 것 같다. 이후 지금까지 살아오면서 불안장애로 괴로워한 적이 없다. 오랫동안 여행을 하며 다양한 일들이 있었는데 그렇게 과학으로는 설명하기 힘든 신비로운 경험까지 하게 됐다. 세계 곳곳을 여행하다 보면 이처럼 우리의 인생을 바꿀 미지의 공간들로 들어갈 때가 있다. 아마도 세계여행을 하며 느꼈던 자유로운 마음의 총량이 그곳에서 임계점을 넘어가며 불안장애가 치유된 것일지도 모르겠다. 가슴이 답답하고 하고자 하는 일이 잘 풀리지 않을 때면 새로운 세상으로 모험을 떠나보자.

발품 팔아가며 주도적으로 만들어나가는 여행으로
정신적 자유를 마음껏 누려보자.

현지 언어는 잘하지 못해도 좋다.

번역기를 사용해도 되고 손짓, 발짓, 마음으로 대화해도 된다.

세상을 탐험하고 세계와 소통하다 보면,

우리의 인생은 엄청난 변화를 겪고 있을 거다.

비좁은 현실을 탓하며 하소연하고만 있지 말고,

익숙한 틀을 깨고 지금 당장 도전해보자.

두려워하지 말라. 어떻게든지 될 거다.

그게 바로 자유여행의 묘미가 아닐까?

조나단은 정말 카르텔 조직원일까?

　　콜롬비아는 아프리카TV 플랫폼으로 모든 여정을 시청자들에게 생중계하며 여행했다. 남미가 지구 반대편에 있다 보니 한국 시각으로 매일 밤, 많은 한국의 시청자들이 여행 생방송에 참여해 콜롬비아의 아침을 함께 시작했다. 한국 사람들은 대부분 콜롬비아가 소문대로 위험한 나라인지 궁금해했다.

　　비행기가 콜롬비아 보고타 국제공항에 착륙하자 옆

자리에 있던 콜롬비아인 모녀가 동양인은 이곳에서 목표물이 되기 쉬우니 조심해야 한다고 주의를 주었다. 현지인도 이렇게 경고할 정도라면 콜롬비아는 확실히 여행하기에 안전한 나라가 아님이 분명했다. 캐리어를 찾아 주위를 경계하며 출국장 밖으로 빠져나왔다.

치안이 극히 불안정한 나라 중 하나이기에 걱정이 앞서는 것도 사실이지만, 여행 방송인으로서 세상에 존재하는 명과 암을 모두 담아내고 싶은 마음이 컸다. 콜롬비아 현지 사정을 있는 그대로 보여줘야 사업차 혹은 다른 이유로 이곳 여행을 계획하고 있는 한국인들에게 생생한 실제 여행 정보를 제공할 수 있을 거다.

숙소에 도착해 체크인하는데 리셉션 직원이 보고타 지도를 꺼내 들더니 숙소를 중심으로 원을 하나 그어 보였다. 이 원 밖으로 가면 많이 위험하다는 거다. 그 직원의 말대로 처음 며칠 동안 원 안의 영역만 돌아다니며 여행했다. 현지 음식도 먹어보고 콜롬비아 이발

소에서 남미 사람들에게 유행하는 머리 스타일로 머리를 깎아보기도 했다.

하루는 숙소에서 거리가 꽤 있는 몬세라떼 전망대에 올라 보고타의 야경을 구경하다가 늦은 밤이 되어서야 어둠을 뚫고 걸어서 돌아가고 있는데, 한 콜롬비아 청년이 다가왔다. 그는 이 길이 외지인에게 너무 위험해서 자기가 옆에서 함께 걸어주겠다고 했다. 이 친구의 눈빛이 상당히 강렬했기에 생방송 화면으로 그를 살펴보던 시청자들은 오히려 그가 위험한 자객일 거 같다며 함께 가지 말고 보내자고 했다. 인상이 범상치 않은 친구임이 분명했지만, 몇 마디 얘기해보니 그가 꽤 괜찮은 사람이라는 느낌이 들었다. 결국, 이 친구의 호의를 거절하지 않고 같이 가기로 했다. 채팅창은 이 친구의 얼굴이 살기로 가득하다며 분명 큰일이 생길 거라고 난리가 났다. 하지만 시청자들의 예상과 달리 그런 일은 생기지 않았고 이 친구와 이런저런 대화를 나누다 보니 어느새 숙소 입구에 무사히 도착하게 되었다. 외모로 사람을 성급하게 판단해버리는 사람들에게 좋은 교훈이 되기를 바라는 마음에서 이 친구와 연락처를 교환하고 좀 더 가깝게 지내보기로 했다.

　이 친구의 이름은 조나단이었다. 다음 날, 조나단은 자신의 소중한 시간을 할애해 우리(나와 생방송 시청자들을 함께 칭한다)에게 정말 멋진 추억을 만들어주었다. 현지인만 아는 맛집도 데려가 주고 현지 친구들도 소개해줬다. 그러다가 자신의 집으로 우리를 초대했는데 이 친구의 집은 공교롭게도 일전에 숙소 리셉션 직원이 원을 그으며 원 밖은 위험하다고 했던 바로 그 우범지대에 있었다. 이때도 채팅창은 난리가 났다. 이 모든 것이 함정이었으며, 거기에 가게 되면 다음 생애를 기약해야 할 거라는 의견이 채팅창에 끊임없이 올라왔다. 직접 겪어보기도 전에 조나단이란 사람에 대해서 마치 범죄자인 양 판단해버리는 사람들에게 편견을 깰 수 있는 여행 콘텐츠가 될 것 같다는 생각이 들었다.

'그래, 까짓것 한 번 가보자.'

어두운 밤 택시를 타고 조나단과 함께 보고타 외곽
에 있는 그의 집으로 향했다. 그의 집은 보고타 시내가
한눈에 내려다보이는 달동네 같은 곳에 있었다. 허름
한 문을 통과해 집 안으로 들어가자 그의 아내와 장인
어른, 장모님이 함께 나와 따뜻하게 맞이해주었다. 조
나단의 아내는 한류의 열렬한 팬이었다. 자신이 자주
보는 한류 스타들의 공연 영상을 보여주는데 뭔가 뿌
듯했다. 조나단은 얼마 전 그들 사이에 태어난 아기를
나에게 안아봐 달라고 부탁했다. 천사 같은 아기를 안
으며 이 사랑스러운 콜롬비아 가족을 진심으로 축복했
다. 우리는 밤새도록 이야기꽃을 피우며, 생방송으로
모든 과정을 시청하고 계시는 분들에게 귀중한 메시지
를 전해줄 수 있었다.

사람들은 보통 누군가의 겉모습과 그가 처한 환경
만을 보고 그가 어떤 사람일 거라고 낙인찍어버리곤

한다. 그렇게 우리가 직접 겪어보기도 전에 편견을 가지고 누군가에 대해 부정적으로 대한다면 상대방은 큰 상처를 입게 될 것이다. 인생에서 좋은 인연을 만들 기회를 놓치게 되는 것이다. 지금도 연락하며 지내고 있는 조나단과의 우정이 바로 그랬다.

그는 외모와 다르게 착한 마음을 지니고 있었고 우범지대에 살고 있었지만 따뜻한 가족의 구성원이었다. 이 친구를 통해 세상은 단순하게 흑과 백으로 나뉠 수 있는 게 아니라는 걸 깨닫게 됐다. 세상은 어떤 곳이든 결국 사람들이 사는 공간이기에 가까이 들어가 보면 외부에서는 미처 보지 못했던 것들을 볼 수 있다. 현지 문화의 속살을 있는 그대로 경험해보는 시간을 통해 세상을 바라보는 시야를 넓힐 수 있다. 세상의 다채로운 색깔들을 직접 체험해보며 세상을 향한 시야는 확장되어 갔다. 어떤 개인이든, 어떤 지역사회든 외부의 일방적인 시선에 의해 평가될 수 없다. 다양한 세계관과 삶의 방식으로 하루하루를 충실히 살아가는 수많은 민족이 오늘도 함께 세상을 걷고 있다. 이런 다양성이 우리 지구를 풍요롭게 만드는 거다. 우리는 국제화 시대의 세계인으로서 다름을 포용할 수 있는 넉넉한 마음의 그릇을 가꾸어 나가야 한다.

꿈이 있다.

세계 모든 나라를 여행하며

세상 모든 단면을 그대로 담아보는 꿈.

그걸 함께해 가며 사람들은 언젠가 알게 되겠지?

우리는 이런저런 각기 다른 모습으로

이미 충분히 소중한 것임을.

남들의 옹졸한 편견과 비교는 무시하고,

고개를 들어 당당히 걸어 나가자.

아프리카 대륙 찬가

　이제 남미에서 비행기를 타고 아프리카 대륙으로 넘어가 보자. 한국인들에게 생소해 보이는 대륙 아프리카는 우리에게 어떤 이야기를 들려줄까? 아프리카 하면 위험하고 미개한 곳이라는 편견을 가진 사람들이 있다. 하지만 아프리카는 그 어마어마한 크기처럼 다양한 문화 환경 안에 수많은 민족으로 가득한 곳이다. 아프리카 대륙의 남쪽에서부터 북쪽까지, 서쪽에서부터 동쪽까지 아프리카 곳곳을 여행하면서 이곳에 대한 특별한 감정을 갖게 됐다. 아니, 아프리카를 사랑하게 됐다고 표현하겠다.

한 유명 TV 강연 프로그램에서 강연을 진행하는 교수분이 사진 3개를 보여주면서 이곳이 어디인 것 같냐고 묻자, 연예인 패널들은 하나같이 유럽 아니냐고 답변했다. 그때, 교수님이 3개의 사진은 모두 아프리카 국가들이라고 말하자 방청석에서 놀랍다는 듯 탄성이 흘러나왔다. 그는 사람들의 이런 반응이 아프리카가 열등하다는 편견을 갖고 있기에 생긴 현상으로 봤다. 실제로 서구 사회에서 제국주의와 식민주의 시대부터 아프리카를 영원히 통치하기 위해 인종의 이질적인 면을 부각해 그들을 마치 이상하고 미개한 존재로 만들어 갔다는 거다. 그런 역사적 유산에 의해 우리는 아직도 아프리카에 대해 긍정적인 방향보다는 부정적인 방향으로 바라보고 있다.

하지만 아프리카 대륙을 여행하며 직접 그들과 부

대껴봤을 때, 아프리카는 위험하지 않으며 오히려 순수하고 아름다운 사람들이 살아가는 공간이었다. 당신이 그들을 직접 경험해보지 않고 바깥에서 바라보는 시선만으로 짐작해서는 아프리카의 진짜 매력을 느낄 수 없다.

과거 교직에 있을 때, 새로 맡을 학급이 배정되고 나면 교사 회의를 했다. 이때 일부 선생님들이 나를 위한답시고 이런 식의 얘기를 하는 걸 듣게 됐다. "김 선생, A학생은 애가 답이 없어.", "B학생은 말이지, 편부모 자식이라 정서적 발달이 부족한 거 같아." 그분들 딴에는 미리 마음의 준비를 하라고 알려주는 것일 테지만, 나로서는 안타까움을 넘어 매우 속상했다. 왜냐면 교사는 학생을 바라볼 때, 지금의 모습을 바라보고 특정한 사람으로 낙인찍어놓기보다 그 새싹들의 가슴에 살아 숨 쉬고 있는 무한한 가능성을 바라봐야 하기 때문이다.

이런 시각은 국가에도 적용된다. 아프리카의 많은 국가가 지금은 비록 개발되지 못했고 사회 제반 시설이 잘 갖추어지지 않았지만, 언제든지 급성장할 수 있는 동력을 가지고 있다. 현재의 경제 상태만 보고 무시할 나라들이 아니라는 거다. 더군다나 아프리카를 여행하는 동안 목격한 것은 개발의 논리를 넘어 지금의 모습 속에서 충분한 행복을 찾고 있는 수많은 아프리카 사람들이었다.

　아프리카에서 여행하는 동안 지갑이 통째로 사라져 대한민국 대사관까지 가서 돈을 빌려야 했고, 집요한 미행과 사기를 당하기도 했다. 이 모든 과정을 목격한 많은 생방송 시청자들이 아프리카를 비난하고 폄하하기도 했지만, 이건 어디까지나 아프리카 일부의 모습일 뿐이라는 거다. 세상은 분명 흑과 백으로 나누어 볼수 없다. 그렇기에 지금부터 풀어갈 아프리카 여행 이야기는 아프리카에서 있었던 여러 에피소드를 한쪽으로 치우친 관점이 아닌 있는 그대로를 담아보려 한다.

다행히 남아프리카공화국, 케냐, 모로코, 가나, 짐바브웨의 모든 여행 과정은 아프리카TV를 통해 한국에 계시는 시청자들에게 생방송으로 송출했기에 좀 더 생동감 있게 전해드릴 수 있게 되었다. 지금부터 서술될 여행 이야기들은 유튜브 '세계일주 용진캠프'에서 여행 영상으로도 볼 수 있다. 이제, 세상에 없던 아프리카 대륙 생중계 여행기를 시작해보겠다.

아프리카를 제대로 알기 위해서

남아공 요하네스버그는 세계에서 가장 위험한 도시 중 하나로 손꼽히는 곳이다. 지인 중 한 명은 무역회사에 다니다가 남아공 요하네스버그로 장기 출장지가 정해지자 출장 전에 회사를 퇴사하기도 했다. 그만큼 요하네스버그는 우리가 흔히 주변에서 듣고 있는 것처럼 위험천만한 곳이 분명하다.

하지만 이곳 역시 사람들이 사는 공간이다. 소문만

으로 판단하기보다 그곳의 실제 모습은 어떨지 겁 없이 찾아가 보기로 했다. 사실, 세계를 여행해보면 대한민국처럼 안전한 곳이 없다. 세계를 일주하고 있는 나에게 한국은 흔히 말하는 안전지대라고 할 수 있다. 세상 밖으로 나가도 안전한 곳만 찾아다니는 말뿐인 세계일주가 아닌 진짜 세상의 모든 단면을 담아가는 진정한 세계일주 방송인이 되고 싶다. 그렇기에 한국인으로서 법적으로 문제가 없는 모든 국가를 밟아보기로 시청자들과 약속한 거다.

남아프리카공화국 생방송 여행 중 요하네스버그에 도착했을 때, 정말 많은 한국 시청자들이 아프리카의 실상을 보고자 몰렸다. 실제로 '전 세계에서 가장 위험한 요하네스버그에 홀로 카메라를 들고 돌아다녀 보다.'라는 제목의 유튜브 영상은 조회 수가 88만 회를 넘겼다.

동양인은커녕 백인 역시 코빼기도 안 보이는 요하

네스버그 밤거리 한복판에서 낯선 한국인이 생방송 카메라를 들고 자기 동네인 듯이 편하게 돌아다니자 수많은 흑인 주민들이 몰려들었다. 동시에 온라인상에서는 생방송 시청자 숫자가 폭발적으로 증가하고 있었고, 채팅창에는 흑인의 위험성을 경고하는 채팅 글들로 도배 되고 있었다. 아프리카TV 운영자가 생방송 채팅창에 참여해 그런 식의 인종차별적 발언을 하는 시청자들을 강제퇴장 시켰는데, 퇴장당한 사람들의 숫자가 어마어마했다.

그만큼 흑인에 대한 한국 사람들의 시선은 안 좋은 편견으로 가득했다. "용진캠프 목숨 걸고 방송하네? 흑인들이 얼마나 위험한데! 빨리 이곳을 탈출합시다."

시청자들의 목소리를 지그시 넘겨들으며 모여들고 있는 흑인분들에게 나와 방송에 대해 소개하고 인터뷰를 청했다.

"저는 한국에서 온 세계일주 여행가이고 지금 이 모든 여행기는 한국의 시청자들에게 생방송으로 중계되고 있습니다. 요하네스버그에 사는 당신들에 대해 외부에서 가진 편견을 깨고 싶어서 이곳에 왔습니다."

  그러자 몰려든 흑인분들이 이렇게 외쳤다.
  "호~ 예~"

  "이제부터 당신들의 고충을 귀담아듣고 방송을 보고 계시는 수많은 대한민국 시청자들과 이곳의 실상에 대해 공유하고자 합니다."

  갑자기 이곳에 모인 수많은 흑인 청중들이 줄줄이 자신들이 처한 억울함과 울분에 대해 토로하기 시작했다. 우리가 외부에서 알고 있던 것과는 전혀 다른 그들의 시야에서 바라보는 세상 이야기를 들려주었다.

  어떤 사람은 백인 경찰관이 아내를 강간했다고 하

며 항의를 하니 오히려 백인 경찰들에게 경찰봉으로 두들겨 맞았다고 했다. 그의 두 눈은 억울함으로 뜨거운 눈물이 맺혔다. 또 어떤 사람은 자신에게 행복이 어떤 의미인지 묻는 인터뷰 질문에 행복을 생각할 만한 여유도 없이 생존의 최전방에서 하루하루 다음 날 끼니를 걱정하며 살고 있다고 했다. 그는 당장 내일은 또 어떻게 살아야 할지 두렵다고 했다. 그에게 행복이란 단어는 사치와 다름이 없었다.

그들은 상처받는 일상 속에서 세상과의 소통 창구가 필요했을지도 모른다. 중요한 것은 낯선 외지인이 다가와서 그들의 목소리에 귀 기울여 들어주고 있다는 것만으로도 그들에게 큰 위로가 된다는 것이다. 그들의 입장이 되어 공감하며 소통하자 그곳에 있던 모든 이들이 경계를 풀고 따뜻하게 환영해주었다. 그렇게 요하네스버그에서 수많은 흑인 친구들을 만날 수 있었다.

그들과 함께 단체 하이파이브를 하고 헤어질 때, 시

청자들의 반응이 처음과 완연하게 달라진 것을 볼 수 있었다. 다들 이곳 요하네스버그라는 도시에 대해 위험하기만 하고 흑인들은 대부분 질 나쁜 인간들이라고 생각했던 자신들의 편견에 대해 미안해하고 있었다. 현지인들과 부대끼며 그들의 목소리를 경청하고 소통하자 신변을 위협받을 문제도 전혀 일어나지 않고 무사히 요하네스버그 여정을 마무리할 수 있었다.

세상은 우리가 생각했던 것처럼 단순하게 흑백으로 나뉘어 평가될 수 없다. 오만과 편견에서 벗어나자. 다름을 존중할 때, 그들의 입장과 세계관에도 공감할 수 있게 된다. 세계를 함께 걷고 있는 우리는 모두 국제사회를 위한 생각의 전환이 필요하다. 열린 사고로 다양성을 포용하며 더불어 살아가는 터전을 만들어 가야 한다.

케이프타운에 도착했을 때, 유럽에서 보던 고풍스러운 건물들이 곳곳에 있어서 놀랐다. 아프리카 대륙 안에도 이토록 전혀 다른 모습을 가진 다양한 환경이 존재하고 있었다. 사실 케이프타운은 테이블 마운틴과 희망봉 등의 관광지로 유럽 사람들에게 인기가 많은 곳이다. 거리에서 얼핏 봐도 인구 구성 중 백인의 비중이 상당히 높은 것을 알 수 있었다. 뒤에 산을 끼고 바다가 내려다보이는 별장들이 많은데, 많은 세계의 부호들이 이곳을 매입하고 있다고 했다.

케이프타운의 지붕이라고 할 수 있는 테이블 마운틴은 산의 꼭대기가 평평하다 해서 붙여진 이름으로 그 위에서 바라보는 케이프타운 시내의 전경이 대서양의 푸른빛과 어우러져 무척이나 아름다웠다. 지상에 천국이 있다면 바로 이곳이 아닐까 하고 생각했다.

아름다운 케이프타운을 여행하면서 가장 인상 깊었던 순간은 게스트하우스 룸메이트였던 미국인 친구 제이슨과 펭귄 비치를 갔을 때였다. 우리는 낡은 기차를 타고 당도한 펭귄 비치에서 놀라운 광경을 마주했다. 남극에서 볼 법한 야생 펭귄들이 사람을 무서워하지 않고 바로 옆을 활보하고 다니고 있는 거다. 이 펭귄 친구들은 무리를 지어 뒤뚱뒤뚱 걷다가 이내 바다로 자유롭게 잠수해 들어갔다. 이 황홀한 자연의 모습을 한동안 멈춰서 감상했다.

'펭귄이 남극만이 아닌 아프리카에도 있다니?'

어렸을 때부터 들었던 상식의 경계가 허물어진다.
그동안 지니고 있던 통념이 이곳에서 깨지고 있다.
이처럼 세상은 생각 이상으로 다양한 모습을 띠고 있다.
우리는 무엇이든 함부로 단정 짓지 말고,
선입견의 울타리에서 해방되어야 한다.
일방적인 관점에 의한 여과 작용 없이,
그대로의 세상을 바라보아야 한다.
그렇게 될 때,
색안경을 벗어 던지고
세상의 진짜 모습에 다가갈 수 있다.

세계 최초로 아프리카
야생 사파리를 생중계

그동안 여러 차례 아프리카 이곳저곳을 여행했지만, 범죄의 표적이 된 적은 없었다. 하지만 케냐 나이로비 여행 생방송 도중에 일이 터졌다.

그냥 무미건조하게 여행만 하기에는 한국에서 생방송으로 보고 있는 많은 시청자가 지루해할 수 있어서 현지에서 만나는 사람들을 즉흥적으로 인터뷰하는 편이다. 그날도 나이로비 외곽을 걷고 있다가 눈에 띄는 흑인 친구가 있기에 다가가서 인터뷰를 요청했다. 한국의 시청자들이 한국어로 궁금한 점을 실시간 채팅창에 올리면, 이걸 통역해서 물어보는 편이다. 그렇게 국가를 넘어 서로 대화해 볼 수 있게 소통의 중간 역할을 했다. 온라인 국제교류의 장이 펼쳐지는 것이다.

이때, 생방송 화면에 여러 채팅 글들이 끊임없이 올라오고 있는 게 신기했는지 주위의 흑인 친구들이 몰려들었다. 나는 흑인들에게 둘러싸여 그들이 시청자와 서로 소통할 수 있도록 쌍방향으로 통역하느라 정신이 없었다. 그러다가 갑자기 흑인 친구들이 나를 중심으로 빙글빙글 돌기 시작했다. 이곳 나름의 환영법인 거 같기에 나도 신나서 그들과 얼싸안고 같이 돌았다. 그렇게 신나게 어울리며 한 시간 정도 흘렀을까? 이 흑인 친구들과 아쉽게 작별 인사를 하고 헤어졌다.

하지만, 얼마쯤 걷다가 케냐 현지 버스 개념인 마타투 봉고차를 타려고 주머니에 손을 넣어보니 지갑이 안 잡혔다. 모여들었던 흑인 친구 중 한 명이 주머니 안의 지갑을 소매치기한 것이다. 당시 모든 체크카드와 현금이 그 지갑 안에 들어있어서 당장 숙소로 돌아갈 마타투 봉고차도 탈 수 없게 됐기에 몹시 난감했다.

정신없이 아까의 인터뷰 장소로 뛰어가서 주변 사람들에게 지갑을 소매치기당했다고 소리쳤다. 그러자 주변의 몇몇 흑인분들이 다시 모여들기 시작했다. 그들은 먼 나라에서 여행 온 나의 절망적인 상황을 보고 너나 할 것 없이 도와주기 위해 함께 주변을 심문했다. 하지만 아무리 수소문해 봐도 지갑을 슬쩍해 간 범인은 나타나지 않았다.

오도 가도 못 한 처지에 놓여 머리를 쥐어뜯고 있을 때, 자신을 피트라고 소개한 흑인 친구가 다가와 함께 경찰에 신고하러 가자고 했다. 우리가 있던 곳은 나이로비의 변두리 지역이었기에 마타투 봉고차를 타고 경찰서에 가야 했다. 그는 한 푼도 없는 나를 위해 흔쾌히 자신의 사비를 들여 마타투 봉고차로 30분 거리에 있는 경찰서에 함께 가주었다. 경찰서에 도착해 신고 리포트를 작성했지만, 소매치기 범죄를 벌인 사람이 자수하지 않는다면 그들도 뚜렷하게 찾을 방법이 없다고 했다. 그곳은 우리나라처럼 CCTV가 있지 않았기에 손쓸 방법이 없는 것이다.

시청자들이 자국민은 나이로비 시내의 대한민국 대사관을 찾아가면 돈을 빌릴 수 있다고 했다. 남은 여정의 여행 경비는커녕 숙소로 돌아갈 돈도 없었기에 어쩔 수 없이 대한민국 대사관으로 향하기로 했다. 하지만 대한민국 대사관은 우리가 있던 경찰서로부터 1시간 넘게 버스를 갈아타며 가야 했다. 여기는 또 어떻게 가야 할지 막막해하고 있는데, 피트가 지도상에 있는 대한민국 대사관의 위치를 보더니 안타까운 내 처지를 잘 안다며 자신이 그곳까지 안내해주겠다고 했다.

가보니 혼자서는 엄두도 안 날 정도로 현지인들만

아는 버스를 여기저기서 갈아타고 또 걸어가야 했다. 피트 덕분에 1시간이 훌쩍 넘어 대한민국 대사관 입구에 무사히 도착했다. 이 모든 과정을 목격하고 있던 시청자들이 채팅창에 흑인 친구 피트가 분명히 나에게 사례비를 요구할 거라는 채팅 글을 올리기 시작했다. 한 현지 친구가 베푸는 도움의 의도까지 흑인에 대한 편견으로 미리 짐작해서 얘기하고 있는 거다.

심지어 입구에서 대사관 직원도 함께 온 피트를 의심의 눈초리로 보면서 어떻게 만난 사이냐고 물어봤다. "오늘 우연히 만난 현지인이고 이곳까지 오는 데 큰 도움을 줬어요."

하지만, 그는 대사관 안으로 들어가기 위해서 보안 검문이 필요하다며 피트를 그곳 안으로 들어오지 못하게 했다. 미안해하는 나에게 피트는 걱정하지 말라고 일이 잘 풀리면 좋겠다고 하며 작별 인사를 하고 돌아가려고 했다.

'이 멀리까지 와주었는데, 그냥 간다고?'

이때, 아마 생방송으로 보고 있던 시청자들은 좀 전에 흑인에 대한 편견으로 피트를 마음대로 판단해 버린 것에 대해 부끄러움을 느꼈으리라. 나는 부랴부랴 피트에게 연락처를 물어봤고 나중에 꼭 연락한다고 했다. 결국, 케냐 나이로비의 대한민국 대사관에서 남은 여행을 위한 충분한 돈을 빌릴 수 있었고 아무 조건 없이 나를 도와준 피트에게 연락해 음식을 대접했다. 그는 이렇게 얘기했다.

"별것 아니야. 우리 아프리카인들은 어려움에 처한 사람을 도울 때 행복을 느껴."

행복의 잣대는 사람마다 다르다. 한국에 머무는 동안 대리기사를 하며 많은 대리고객에게 '대한민국 행복방정식'을 찾고 있다고 말씀드리며, 행복의 의미에 대해서 어떻게 생각하는지를 생방송 소통 콘텐츠로 담아왔다. 누군가는 가족이 행복이라고 했고, 다른 누군가는 물질적 풍요가 행복이라 했다. 또 어떤 이는 직업의 성취도나 주변 사람들의 인정을 행복의 기준으로 삼았다.

행복의 이유는 가지각색이었는데 사람들이 각자 생각하는 행복은 자신들이 인생에서 어떤 걸 중요하게 생각하느냐에 따라 달라졌다. 1,000명이 넘는 대리고객들을 인터뷰하면서 오랜 시간 행복을 주제로 소통 방송을 만들어 왔던 나에게 '어려움에 처한 타인을 돕는 것이 자신의 행복'이라는 피트의 대답은 마음 깊이 큰 울림을 주었다.

모두가 피트처럼 어떤 대가도 바라지 않고 서로에게 도움을 주는 것 자체에서 충만한 기쁨을 느낀다면 정말 살기 좋은 세상이 될 것이다. 단지 흑인이라는 이유로 색안경을 끼고 그를 바라보던 한국의 시청자들에게 이렇게 얘기했다.

"여러분, 세상은 흑과 백으로 나누어져 있지 않습니다. 누군가를 바라볼 때 미리 선을 그어두기보다 넓은 마음으로 바라보세요. 그리고 누군가를 자신의 잣대로 재단하고 깎아내리기 전에 나 스스로는 어떤 허물이 있는지 거울로 대면할 용기가 필요한 것 같아요."

우리는 누군가가 어떤 이에 대해 비난한다고 해서 그의 목소리만 듣고 그 사람에 대해 선입견을 품지 말아야 한다. 피트의 사례에서처럼 사실 비난하고 있는 당사자가 오히려 더 부족한 사람인 경우가 많다. 사람은 자신의 그릇대로 세상을 바라보기 십상이다. 그렇기에 공자는 누군가에 대해 뒤에서 험담하는 걸 즐기는 소인배 부류를 멀리하라고 한 것이다. 그런 이는 당신과 조금이라도 수가 틀어지면 뒤에서 당신 험담도 할 거다.

며칠 후, TV 프로그램 '동물의 왕국'에서나 접했던 아프리카 대초원으로 사파리 여행을 떠날 기회가 생겼다. 한 시청자가 세계 최초로 아프리카 사파리 여행을 하면서 야생 사자를 생방송에 담기 미션을 제안하며, 사파리 여행 경비를 후원해주었다. 우리는 다 함께 케냐 나이로비 시내에 있는 한 여행사를 찾아갔고 이곳에서 마사이마라 국립공원 사파리 여행 패키지를 구매했다. 3박 4일 동안 국립공원에 있는 라지(lodge)에서 숙식하며 바로 마사이마라 국립공원은 물론 옆의 세렝게티 대초원까지 넘어가 야생 동물들을 추적해보는 프로그램이라고 했다.

국립공원 안은 대자연 속이라 통신 상태가 확실하지 않기에 한국의 시청자들에게 그곳을 실시간으로 보여주기 위해서는 만반의 준비가 필요했다. 나이로비에 있는 모든 통신사의 현지 유심을 구매해 각기 다른 최신 핸드폰 3개에 통신사를 교차해 끼우고, 마사이마라 국립공원으로 향했다. 영상을 촬영한 후, 편집 가공해서 보여주는 게 아닌 생방송으로 아프리카 사파리 여행을 그대로 송출한 사례는 기존에 없었다.

세계 최초의 도전이 성공하기를 바라는 마음으로 마사이마라의 라지(lodge)에 여장을 풀자마자 생방송 테스트를 해보았다. 1번 핸드폰 실패, 2번 핸드폰 실패….

계속해서 실패하다가 여러 통신사 유심을 핸드폰 별로 다시 조합해 테스트해 보았다. 드디어 방송 송출이 가능한 두 가지 옵션을 찾을 수 있었다. 그렇게 마련한 생방송 장비를 들고 사파리 차량인 랜드 크루저를 타고 마사이마라 대초원으로 나갔다.

결과는 대성공이었다. 코끼리, 하마, 버팔로, 표범, 치타는 물론 야생 사자도 바로 눈앞에서 카메라로 담으며 지구 반대편에 있는 한국의 시청자들에게 실시간 송출을 할 수 있었다. 세계 최초로 아프리카 대륙의 사파리 여행을 생방송으로 생중계하고 있다는 데서 큰 보람을 느꼈다. 이후 이 생생한 과정을 생방송 다시보기 영상으로 담아 유튜브 '세계일주 용진캠프'에 올리게 되었다.

인생의 모든 과정은 도전의 연속인 것 같다. 안 될 것 같은 것도 두드리며 부딪쳐보고 넘어지고 다시 일어나다 보면 그 꿈에 점차 다가가게 된다. 설령 그 꿈을 이루지 못할지라도 꿈을 꾸고 있다는 자체가 우리를 살아 숨 쉬게 한다. 포기하지 않고 도전하다 보면 이미 세상을 즐기고 있다는 것을 깨닫게 될 거다.

절대 머뭇거리지 마라.
당신의 열정 가득한 도전이
진정한 삶의 희열을 느끼게 해줄 것이다.
실패를 두려워하지 마라.
수만 번의 실패가 당신을 더욱 강인하게 만들 것이다.
기존에 없던 새로운 패러다임을 접하는 사람들의 반응이
처음에는 미지근할 수 있다.
하지만 남들이 가지 않았던 길을 끊임없이 개척하면서
우리는 오늘도 멋진 미래를 향해 무한히 성장하고 있다.

사기꾼

　모로코의 카사블랑카 기차역에서 내리자마자 주변 현지인들이 말을 걸어왔다. 한 현지 친구는 동양인이 여길 혼자서 돌아다니면 위험에 처할 수 있다고 경고했다. 하지만 여기까지 왔는데 그냥 돌아갈 수 없었다. 특히 세계를 두루 모험해 보고자 하는 여행 방송인으로서 이런 장소도 있는 그대로 보여줄 수 있어야 했다.

　이곳에 머무는 모든 과정 역시 생방송으로 송출했

인생의 성공만이 아름다움은 아니다

217

는데, 실제로 카메라가 돌아가며 실시간으로 중계되고 있음에도 계속해서 끈질기게 미행하는 현지 사람도 있었다. 처음에는 그 남자가 따라오는 게 맞는지 한 건물 안으로 들어가서 기다려보기로 했다. 그는 정말 계속해서 멀찌감치 서서 주변을 서성거리며 기다리고 있는 거였다.

이럴수록 강하게 나가야 한다는 생각에 가까이 다가가서 왜 아까부터 따라오는 거냐고 따져 물었다. 그리고 현재 온라인 생방송을 하며 세계여행 중이라 지금도 수많은 한국의 시청자들에게 이 현장이 생중계되고 있다고 했다. 그러자 그는 실시간 방송 화면을 슬쩍 확인하더니 대뜸 자기가 우리에게 카사블랑카 시내를 가이드해주겠다는 거다.

자신은 원래 한국문화의 팬이었다면서 자신이 사랑하는 고향 카사블랑카를 한국인들에게 자세하게 소개해줄 수 있다면 영광일 거 같다고 했다. 됐다고 당신에게 줄 돈이 없다고 하니까 자신은 친구로서 바라는 거 없이 호의로 소개해주고 싶은 거란다. 그래서 이 사람이 어떻게 하는지 보고 싶은 호기심 반, 사실일 거 같은 기대감 반에 그냥 가이드를 맡겨보기로 했다.

그는 우리가 이미 구경을 마친 카사블랑카의 재래시장으로 기어코 우리를 데리고 갔다. 여기에 정말 좋은 게 있다는 거다. 뭔가 하고 따라가 보니 자신의 지인 가게에 들어가서 이 물건, 저 물건을 팔려고 했다. 예상컨대 판매된 제품의 일정 부분을 수수료로 받기로 한 모양이었다. 또 계속 어느 식당을 소개하겠다고 한참을 걸어 가보니 정작 그 식당은 마침 라마단 기간이라 음식을 제공하지 않고 있었다. 그는 갑자기 식당 종업원과 실랑이를 벌였다.

차라리 나 혼자서 생방송 시청자들과 카사블랑카를 구경하는 게 나을 거 같아서 그에게 그냥 혼자 다니겠다고 했다. 그랬더니 갑자기 그가 자신에게 줄 게 없느냐는 거다. 무슨 소리인가 했더니 처음에는 괜찮다고 했던 가이드 팁을 달라는 거다. 시청자들은 사기꾼이라고 그냥 보내자고 했지만 못 이기는 척하고 돈을 쥐여줘 봤다. 그랬더니 너희 나라는 잘사는데 우리는 가난하다고 하면서 이 돈으로는 부족하다며 더 달라고 하는 거다. 어이가 없어서 그에게 좋은 말로 할 때 그냥 가라고 목소리를 높이며 뚫어지게 노려봤다. 그제야 그는 총총걸음으로 사라졌다.

관광객을 자신의 돈벌이 수단으로 쓰는 이런 현지인 때문에 기분이 안 좋아졌다. 일전에 이집트에서도 이런 비슷한 사람을 만난 적이 있었다. 카이로 시내에 도착해 택시에서 내리자 자기가 소개하는 호텔로 가자고 끝까지 따라오며 호객행위를 하기에 이미 예약된 호텔이 있다고 말했더니, 어이없게도 호객행위를 하는 동안 사용한 자신의 시간을 배상해 놓으란 거다.

북아프리카에서 이렇게 관광객을 노리는 사기꾼을

여러 차례 만날 수 있었다. 즐겁게 여행하다가도 이들로 인해 불쾌한 경험을 하게 됐다. 어떤 여행객은 이런 경험을 한 이후, 이 나라에 다시는 안 온다는 말도 하더라. 한 나라 전체의 이미지가 관광객을 등쳐먹으려고 하는 일부의 사람들로 인해 나빠지고 있었다. 여행 중 이들을 만나면 무조건 강하게 나가야 한다. 얼버무리며 당하는 순간, 외국에서 온 사람들을 만만하게 보고 다른 관광객들에게도 계속해서 이런 행동을 할 거다.

작은 행동이 조금씩 모이다 보면 세상은 바뀌어 간다.
상대를 밟고 이득을 취하려는 이들에게 당하고 있기보다
이에 대해 올바르지 않은 것임을 강하게 경고할 필요가 있다.
당신의 용감한 행동이 또 다른 피해자가 생기지 않게 한다.
부당한 것을 목도하고 넘어가기보다 대응하는 용기가 모일 때,
세상은 조금씩 어둠을 걷고 밝은 빛이 든 양지로 다가가리라.

가나 초콜릿

가나는 입국하기가 까다로운 아프리카 국가 중 하나다. 가나에 입국하기 위해서 한국인은 반드시 비자가 필요한데 이를 발급받기 위해서는 일정 금액 이상의 영문 은행 잔고 증명서와 가나 현지인의 초청장까지 준비해야 했다. 가나에 아는 사람이 없어서 예약해둔 호스텔 직원의 도움을 받아 초청장을 마련했다.

당시에 가나 사람이 한국 연예계에서 활발히 활동하

고 있었기에 시청자들은 가나 현지인들도 그 사실을 알고 있는지 궁금해했다. 미리 얘기하는데 아쉽게도 실상은 현지에서 그에 대해 아는 사람을 찾기 힘들었다. 시청자들은 한국인들에게 인기가 많은 롯데 가나 초콜릿이 가나 현지인들의 입맛에는 어떨지도 궁금해했다. 그 궁금증을 해결해보기 위해 한국에서 롯데 가나 초콜릿을 한 박스 사서 캐리어에 넣고 가나로 향했다.

가나의 코토카 국제공항에 도착하자마자 난관에 봉착했다. 가나 초콜릿이 담겨 있던 위탁 수화물이 공항의 컨베이어 벨트가 다 돌아가도 도착하지 않는 거다. 이 상황에 대해 알리기 위해 공항의 분실물 센터로 가자 비슷한 상황의 사람들이 줄을 서서 대기하고 있었다. 중간 경유지였던 에티오피아에서 위탁 수화물이 제시간에 실리지 않아서 다음 비행기를 기다려야 한다는 거다. 하지만 몇 시간을 기다려 도착한 다음 비행기에도 우리들의 위탁 수화물은 실려 있지 않았다. 대기하고 있던 사람들은 고함을 지르기 시작했다.

결국, 어쩔 수 없이 위탁 수화물 분실 신고를 하고 공항 밖으로 나섰다. 이곳 수도 아크라의 국제공항 밖으로 나오자마자 밀려오는 뜨거운 공기가 아프리카 가나에 잘 도착했다는 환영 인사를 대신했다. 가나에 도착한 지 일주일이 지나도록 행방이 묘연한 그 캐리어 때문에 가보고 싶었던 다른 지역으로 이동도 못 하며 여행 일정 전체에 차질을 빚었다. 하지만 아크라 곳곳에서 만난 가나 사람들의 기분 좋은 미소는 이 불편함을 상쇄하고 남았다.

　　가나 사람들은 현지 사정을 잘 모르는 관광객이라는 이유로 돈을 더 요구하지 않았다. 현지에서 대중교통으로 이용되는 봉고차에서 돈을 걷는 청년도 그랬고, 구멍가게 아주머니도 그랬다. 모두 하나같이 거스름돈이 있다면 동전 하나까지 돌려주었다. 이곳에서는 관광객들에게 돈을 몇 배로 받으려고 하던 일부 개발도상국 여행지에서 겪던 장면을 찾기 힘들었다. 그만큼 이곳 사람들은 대체로 매우 정직했다.

거리에서 환하게 웃으며 다가오는 그들에게는 새하얗게 드러난 치아처럼 맑은 영혼이 있다는 것을 알게 됐다. 몇 마디 주고받은 대화는 자아와 타자 사이에 존재한 경계의 장막을 무너뜨렸다. 그들은 서슴없이 어깨동무해 오며 낯선 동양인을 그들의 일상으로 초대했다. 그들의 삶에서 엿보이는 충만한 행복감은 물질적인 조건과는 별개였다.

행복은 그렇게 작은 것에도 감사할 줄 아는 소박한 마음에 깃들어 있었다. 욕심을 내려놓고 상대방의 행복을 노래할 때, 우리 모두에게 바로 그 행복이 샘솟고 있었다.

한국에서 느꼈던 체증이 씻겨 내려갔다. 자신이 도움을 받을 때는 감사해하는 모습을 보이면서도 정작 반대로 자신이 도움 주는 거엔 인색한 모습을 보이던 몇몇 속 좁은 인간들에게서 느꼈던 실망감은 이곳을 둘러싼 따뜻함 속에서 눈 녹듯 지워졌다. 이기적인 심보가 익숙해져 버린 물질만능주의 시대의 가냘픈 자화상이 아프리카 가나의 공간 안에서는 깨끗이 지워져 버렸다.

　대한민국을 걸으며, 서로 살기 바쁘다는 이유로 가깝게 지내던 친구와 연락이 뜸해지기도 했다. 필요할 때만 슬며시 연락해오는 이들을 보며 나는 저런 얄팍한 모습을 보이지 말리라 다짐했다. 하지만 용기 내어 거울을 바라보니 별반 다를 바 없는 자아가 물끄러미 내 눈을 응시하고 있었다.

　그렇게 말라비틀어져 앙상하게 남은 영혼의 가지에 물을 주고 싶었는지 모른다. 다람쥐 쳇바퀴 안에 고착화되어 버린 마른 벽에 균열을 주어야만 했다.

　아프리카 가나에서 뜻밖의 경험이 만든 틈으로 낯선 느낌의 생명수가 들어오고 있었다. 풍요의 새싹이 돋아오를 준비를 마치고 영혼의 살결을 간지럼 태웠다.

그렇게 마음이 좀 더 성숙해져 갈 무렵 좋은 소식이 들려왔다. 무려 열흘 만에 캐리어가 공항에 무사히 도착했다는 거다. 바로 생방송을 켜고 시청자들과 함께 여러 차례 히치하이킹을 하며 코토카 국제공항으로 갔다. 드디어 캐리어를 찾았을 때는 마치 이산가족 상봉한 것처럼 너무나도 기뻐 환호성이 터져 나왔다. 많은 시청자의 걱정과 다르게 캐리어 안에 있던 가나 초콜릿은 하나도 녹지 않고 멀쩡한 상태로 있었다.

우리는 드디어 가나 사람들에게 한국에서 직접 공수한 가나 초콜릿을 맛보게 할 수 있었다. 생방송을 하며 만난 가나 사람들에게 가나 초콜릿을 나눠주고 맛 평가를 받아 보았는데 많은 현지인이 자국의 원료로 만든 한국산 가나 초콜릿을 맛있게 먹어서 정말 뿌듯했다. 가나 사람들은 한국에서 가나 초콜릿이 인기가 있다는 사실에 대해 신기해하는 한편 자신들이 평소 먹던 초콜릿보다 롯데 가나 초콜릿이 더 맛있다며 놀라워했다.

가나는 전반적으로 한국이라는 나라를 매우 좋게 보고 있었다. 이 나라 자동차들이 대부분 우리나라 브랜드의 자동차였는데 한국에서 침수된 차를 포함한 중고차들이 이곳으로 어마어마하게 수출된다고 했다. 거리에서 우연히 만난 한 아저씨는 자신이 한국에서 중고차를 들여와서 가나에 팔다가 준재벌이 되었다며 생방송을 보시는 한국의 시청자들에게 90도 인사를 하시기까지 했다.

가나 재래시장의 상인 아주머니는 자신의 딸을 한국으로 데려가 달라며 너스레를 떨었다. 자신도 한국인 사위를 맞이하고 싶다는 거다. 먼 동방에 있는 한국을 동경하는 그들의 모습에 한국인이라는 게 자랑스러워졌다.

바로 그 재래시장의 한 식당에서는 주위에 돌아다니는 닭을 즉석에서 잡아 요리를 해주기도 했는데 생방송으로 함께 하던 많은 이들은 이 신기한 장면에 그곳에서 먹방을 해볼 것을 신청했다. 라이브 스트리머는 시청자들이 원하면, 그게 범법 행위나 도덕에 어긋난 행동이 아닌 이상 웬만한 거는 도전해봐야 한다. 그렇게 먹게 된 가나 재래시장의 식당 요리 맛은 일품이었지만 들끓는 파리와 함께 식사를 즐겨야 한다는 단점은 피할 수가 없었다. 어떤 이는 파리가 비위생적이라고 생각할지도 모르겠지만 먹다 보니 익숙해졌고 오히려 그곳 사람들의 생활환경을 경험해 볼 수 있어서 좋았다.

가나는 정이 넘치는 아프리카인들의 아름다운 터전이었다. 국경을 맞댄 주변 국가에 비해 치안도 안정적이라 밤에도 큰 문제 없이 돌아다닐 수 있었다. 처음 입국해서는 위탁 수화물을 분실할 뻔도 하며 다소 험난하게 여정을 시작했지만, 그곳에 머물면서 고난은 오히려 더 큰 즐거움으로 바뀌었다. 만약 누군가가 가나에 다시 가고 싶냐고 묻는다면 언제든지 다시 한번 가보고 싶다고 대답할 거다. 아프리카 대륙의 많은 나라를 여행했지만, 가나라는 나라의 매력은 특별히 기억에 남기

때문이다. 아프리카 사람들의 정겨움을 느껴보고 싶다
면 아프리카 국가 중 가나 여행을 추천한다. 때 묻지 않
은 그들의 순수함 속에 기분 좋은 경험을 하게 될 거다.

세상을 살다 보면 역설적이게도
어려운 상황에 직면함으로 인해 오히려
온전한 기쁨을 만끽하게 될 때가 있다.
그렇기에 뜻하지 않은 곤경에 처하더라도
우리 미소를 잃지 말자.
그럴수록 긍정적인 자세로 세상과 교감하며
한층 더 성숙해지자.
이 거친 폭우는 결국 우리를 토양에
더욱 강인하게 뿌리 내리게 하리라.
다시 올 희망의 햇살이 저 언덕을 넘어
살며시 고개 들고 있다.

　　세계 3대 폭포 중 하나인 빅토리아 폭포는 짐바브웨와 잠비아 국경에 있다. 스코틀랜드의 선교사였던 데이비드 리빙스턴 박사에 의해 우연히 발견되어 처음 문명사회에 알려진 폭포로, 당시 빅토리아 영국 여왕의 이름을 본떠서 빅토리아 폭포로 명명되었다. 이곳을 보기 위해 경비행기를 타고 빅토리아폴스라는 작은 마을에 도착해 숙소에 짐을 풀었다.

빅토리아 폭포를 끝으로 세계 3대 폭포를 모두 여행하게 된다는 기대감에 숙소에 도착한 날 바로 생방송을 켜고 시청자들과 폭포 쪽으로 가보기로 했다. 그렇게 천천히 걸어서 마을을 지나가고 있는데 황당한 상황을 마주하게 됐다.

짐바브웨가 심각한 인플레이션을 겪으면서 자국 화폐가 휴짓조각이 되어 버린 거다. 우리나라로 따지면 1억 원짜리 지폐나 1조 원짜리 지폐가 갑자기 종잇조각이 되면서 화장실 휴지로 쓰이게 되었다. 짐바브웨 사람들은 자국 화폐 대신 어쩔 수 없이 미국 달러를 대체해 사용하게 되었는데, 달러가 고갈이 나서 ATM 기계에 1인이 뽑을 수 있는 달러가 50달러로 제한되었다. 사람들은 ATM 기계에서 돈을 뽑기 위해 마치 놀이공원처럼 엄청나게 길게 줄을 섰다.

외부에서 달러를 많이 찾아 들어온 나 같은 사람은 오히려 터무니없이 저렴하게 여행을 즐길 수 있게 되었다. 한 편으로는 하루아침에 자국 화폐가 종이가 되어버린 짐바브웨 사람들이 측은해졌다. 거리는 몇십억, 몇조가 새겨진 짐바브웨 돈을 관광객들에게 몇 달러라도 받고 팔려는 현지 호객꾼들로 채워졌다.

첫째 날에 폭포 주변을 둘러보기만 했기에 둘째 날은 마음먹고 일찍 길을 나섰다. 여행 경비를 아끼기 위해서 숙소에서부터 걸어서 가고 있는데 어떤 현지인의 차가 옆에 섰다. 셀프 스틱을 들고 스마트폰 화면을 보며 실시간으로 올라오는 채팅창으로 시청자들과 얘기하고 있는 모습이 신기했는지 그게 뭘 하는 거냐고 물어왔다.

"아, 이건 생방송으로 한국 시청자들에게 이곳을 소개하고 있는 거예요. 저는 라이브 방송으로 세계일주를 하고 있습니다."

갑자기 그가 자신이 빅토리아 폭포까지 차를 태워

다주겠다고 했다. 아마도 한국 사람들이 보고 있다는 데서 짐바브웨 사람들의 넉넉한 인심을 보여주려는 순수한 의향을 가지고 있었던 듯하다. 이 아저씨 덕분에 세계에서 가장 긴 폭포로 알려진 빅토리아 폭포에 편하게 도착할 수 있었다. 채팅창에서 시청자들은 수고비를 요구할 거라고 예상했는데, 그런 건 일절 없었다. 오히려 가는 내내 빅토리아 폭포를 제대로 즐기기 위한 여러 가지 여행 정보를 알려주셨다.

빅토리아 폭포를 여러 방향에서 자세히 관찰해보기 위해 짐바브웨는 물론 잠비아 쪽까지 국경을 넘어가보기로 했다. 마침 여행을 갔을 때가 건기와 우기 사이 기간이라 장엄한 폭포를 감상하면서도 웬만한 곳은 우의 없이도 충분히 다닐 수 있었다. 만약 이곳을 우기에 우의 없이 다녔다면, 떨어진 폭포수가 하늘로 솟은 뒤 비처럼 내리기에 속옷까지 모두 젖게 된다.

빅토리아 폭포를 생방송으로 볼 수 있다는 특권에

모여드는 많은 시청자를 위해 폭포 구석구석을 돌아다녔다. 중간중간 다른 나라에서 온 관광객들을 인터뷰하기도 했다.

그때 저 멀리서 무지개가 솟아올랐다. 거친 소리를 내며 떨어지는 멋진 빅토리아 폭포 경치에 무지개까지 더 하니 꿈을 꾸는 듯한 착각이 들 정도였다. 이 아름다운 장관을 한국에서 보고 있는 수많은 시청자와 함께할 수 있다는 데서 큰 보람을 느꼈다. 너무나도 놀라운 광경이었기에 지금도 유튜브 '세계일주 용진캠프'의 아웃트로 영상에 항상 이때의 장면을 넣고 있다.

다음 날 오후, 한 시청자가 내 머리가 너무 자란 거 같다며 머리를 깎는 미션을 주었다. 불현듯 관광지 빅토리아폴스 타운이 아닌 짐바브웨 흑인 주민들만 거주하는 외곽지로 가서 머리를 깎는다면 재밌는 여행 장면이 포착될 것 같았다. 어차피 생방송을 켜놓고 시청자들과 얘기를 하면서 가면 되기에 신나게 수다를 떨며 갔다.

　그때 갑자기 마을 사람들이 우리에게 코끼리가 수
풀에서 튀어나와 덤빌 수도 있으니 조심하라고 주의를
줬다. 원래 인간을 공격하지는 않는데 지금은 번식기
라 예민할 때라는 거다. 실제 수풀 속에서는 기괴하고
이상한 그르렁거리는 소리가 들리고 있었다.

　우여곡절 끝에 흑인 주민들만 사는 마을에 당도했
다. 동양인 한 명이 당당히 마을로 들어오자 다들 휘둥
그레져서 몰려들었고, 어떤 친구는 자신의 집으로 초
대해주기까지 했다. 이곳에서 수소문해서 허름한 미용
실을 하나 찾게 되었는데 이후 가관인 아프리카 생방
송 여행 이야기가 펼쳐졌다.

　미용실 안으로 들어가자 그곳에 있던 흑인 친구들
이 놀란 눈으로 쳐다보았다.

"저 머리 깎고 싶은데 가격이 얼마인가요?"

비용은 우리나라 돈으로 단돈 300원, 하지만 문제는 이 미용사분이 태어나서 흑인 외에는 머리를 깎아본 적이 단 한 번도 없다는 거다. 그래도 이 친구가 새로운 걸 도전하는 데서 신나는 것 같기에 과감히 머리를 맡겨보기로 했다.

이 재밌는 여행 장면에 생방송 시청자들의 숫자가 폭발적으로 증가하고 있었다. 드디어 내 차례가 와서 머리를 깎는데 동양인 머리를 깎는 게 신기했던지 마을 주민들도 몰려왔다. 이 미용사는 내 머리가 긴 머리인데도 불구하고 계속해서 바리캉으로만 머리를 깎았다. 참다가 머리가 점점 군대식 머리처럼 변해가기에 가위는 사용 안 하시냐고 물어봤다.

그랬더니 당황하며 주섬주섬 가위를 꺼내 오시는데 흔히 문방구에서 파는 종이 자르는 가위인 거다. 예측건

대 흑인분들은 머리카락이 굵은 직모라 그동안 가위를 사용해본 적이 없는 것 같았다. 미용실에 오는 모든 사람의 머리카락을 바리캉으로 짧게 치고 끝내왔던 거다.

손을 달달 떨면서 가위질을 하시는데, 이 가위로는 머리카락이 잘 잘리지 않아 눈의 동공이 흔들리는 모습이 생방송 화면에 포착되었다. 실시간 채팅창은 난리가 났다. 안방에서 앉아 보고 있던 많은 생방송 시청자들이 배꼽 잡고 웃고 있다며 이건 문방구 가위 아니냐고 재밌어하셨다.

마지막 반전은 이런 온갖 악조건 속에서도 이 미용사 친구가 머리를 엄청나게 잘 자른 거다. 우리나라 돈으로 300원만 들였는데도 한국에서 깎던 것 이상으로 만족스럽게 잘라 줬다. 거기에 머리 마사지를 서비스로 해줬는데 묵었던 스트레스가 개운하게 풀렸다.

경험하지 않으면 아무것도 알 수 없다.

하지만 두려움을 안고 삶을 하나씩 경험해 나가다 보면

자연스레 아는 것도, 할 수 있는 것도 늘어나게 된다.

어제 몰랐던 또 하나의 새로운 사실과

어제 몰랐던 또 다른 나의 모습을 알 수 있다.

어제 못했던 하나의 실수에 크게 연연하지 않아도 될지 모른다.

우리는 다양한 경험을 하며 재밌게 살아갈 수 있는 오늘이

선물처럼 존재하기에.

코로나19 시대, 새로운 도전

코로나19 사태가 터지기 직전까지도 세계를 여행하고 있었다. 당시 두 달가량의 기간 동안 하와이와 미국 본토 곳곳을 두루 돌았다. 하와이에서는 드론으로 활화산을 촬영했고, 애리조나에서는 그랜드 캐니언의 장엄한 모습을 생방송으로 송출했다. 그러다가 예상치도 못했던 코로나 대유행이 발생했다. 고국으로 돌아오자마자 갑작스럽게 하늘길이 막혔고 매년 이어가던 세계여행은 중단되었다.

대한민국 국적자로서 법적으로 가능한 모든 나라를 여행해보겠다는 원대한 목표는 언제 달성될지 요원해졌다. 해외로 나가지 못하자 유튜브 광고 수익은 10분의 1로 급감하였다. 이내 여행 방송보다는 대리기사 방송과 강연 활동에 더 매진하게 되었다.

　　그러다가 1년이 훌쩍 넘은 기간이 흘러서야 몬테네그로, 알바니아, 북마케도니아, 코소보, 파키스탄, 요르단, 레바논으로 생방송 여행을 떠날 수 있었다. 코로나 19가 종식되지 않았지만, 이 시국의 세계를 있는 그대로 보여주고자 직업적 소명을 가지고 나갔다. 감사하게도 취지를 동감해주신 많은 분께서 생방송 여행 내내 응원해주었다. 그렇게 현재까지 세계 6대륙 101개국을 여행하고 있다. 아프리카TV와 유튜브 초창기 때, 2021년까지 일차적으로 100개국 이상 여행하겠다고 했던 시청자들과의 오랜 약속을 어떻게든 지키게 되었다.

코로나19의 파고 안에서 이 책을 쓰고 있는 현재, 나는 새로운 도전을 하고 있다.

'고무보트로 대한민국 한 바퀴 후, 코로나19로 피해받은 소외계층 기부 프로젝트'

[고무보트를 타고 대한민국 영해를 서해부터 동해까지 한 바퀴 돈다. 중간중간 대한민국 이용 가능 무인도에서 캠핑을 하고, 유인도 및 어촌을 소개하면서 낙오된 대한민국 곳곳을 살핀다. 프로젝트 기간 내내 매일 모든 여정을 생방송 송출한다. 라이브 방송을 하면서 들어오는 별풍선 수익 전액은 코로나19로 힘든 대한민국 사회 소외계층을 위해 기부된다. 이 또한 라이브 방송으로 모두 투명하게 공개된다.]

이 프로젝트를 처음 고안했던 건 코로나19로 하늘길이 막혀 더 이상 해외로 나가지 못했을 시점이다. 해외여행 생방송이 주업이었는데 해외로 나가지 못하자 수익이 급감하였다. 생계를 이어가기 위해 한국에서 다시 대리기사 일을 나섰는데, 그마저도 사회적 거리두기 단계가 높아질수록 대리 수요 자체가 급격히 줄었다. 대리기사를 하며 벌 수 있는 수익 역시 크게 타격을 입을 수밖에 없었다.

이때, 나도 이렇게 힘든데 사회 소외계층은 코로나19로 생계가 더 막막할 수 있을 거라는 생각이 들었다. 따라서 유례없는 코로나19 대유행 사태로 더 큰 경제적인 아픔을 겪고 있을 사람들을 위해 지금의 사회적 프로젝트를 기획해 도전하게 됐다. 그동안 세계여행을 하면서 생방송을 해왔는데, 지금과 같이 하늘길이 막혀버린 상황에서는 고무보트로 대한민국을 한 바퀴 돌면서 생방송을 진행해 보기로 했다.

'고무보트로 대한민국 한 바퀴 생방송' 프로젝트를 수행하며 모이는 아프리카TV 별풍선 후원금 전액은 코로나19로 힘드신 분들을 위해 모두 기부한다. 이 또한 투명하게 생방송으로 중계된다. 사람들에게 꿈과 희망을 줄 수 있는 생산적인 콘텐츠를 만들고자 한다.

대한민국은 세계에서 네 번째로 섬이 많은 나라로 무려 3,300여 개의 섬이 있다. 하지만 과거 왜구의 침입에 따른 공도화 정책 이후, 섬 개발은 뒷전이 되어왔다. 현대에 와서도 섬은 대한민국 주류 사회에서 한참 동떨어져 있다. 섬은 낙후될 수밖에 없었으며 대중의 시선에서 멀어져만 갔다. 이를 타개하기 위해 얼마 전, 한국섬진흥원이 설립되었다.

이번 '고무보트로 대한민국 한 바퀴 생방송' 프로젝트를 통해 대한민국 섬의 숨은 비경을 발굴해보고자 한다. 또한, 몇 해 전까지만 해도 유인도로 학교 분교까지 있었지만, 이제는 모든 주민이 다 떠나 무인도로 남은 곳들이 많은데, 이런 곳들을 조명해 섬에 대한 사회적 관심을 환기해 보려 한다. 더불어 방문 및 취사가 허용된 대한민국 이용 가능 무인도에서 캠핑을 하며 진정한 섬 여행의 낭만을 시청자들에게 알리겠다.

크리에이터의 가장 중요한 덕목은 현재의 수익보다는 사회에 이바지할 수 있는 가치 있는 콘텐츠의 창조에 있다. 본 프로젝트에 상당한 비용이 투자될 거고, 프로젝트 동안 벌어들인 라이브 방송 수익금은 전액 기부되기에 개인적인 시간과 열정을 바칠 각오를 하고 도전하고 있다.

고무보트로 험난한 바다를 가르며 대한민국을 한 바퀴 돌겠다는 도전은 다소 위험하고 무모해 보일지 모른다. 하지만 인간에게는 끊임없이 자신의 한계를 시험하며, 꿈을 이루기 위해 모험할 수 있는 권리가 있다. 모터사이클 다이어리에서 체 게바라가 중간에 바이크 '포데로사'가 망가지자 걸어서라도 남미 일주를 마쳤듯이 목표를 향한 과정은 어떻게든 만들어 갈 수 있다. 그게 또 우리가 살아있다는 증거 아니겠는가? 중간에 여러 변수가 도래할 수 있다는 것을 잘 안다. 그때는 과감하게 새로운 걸 시도해보고 부딪혀 보는 거다. 화려한 결과를 원해서가 아닌 진정성 있게 도전하는 과정이 아름다울 뿐이다.

아마도 이 책이 출판되어 독자 여러분이 이 글을 읽고 있을 시점에는 최악의 경우, 내가 이 세상에 존재하고 있지 않을 수도 있을 거다. 사실, KBS 인간극장에서 이 모든 과정을 담으려고 했지만, 촬영 시작 예정일 직전에 취소 연락이 왔다. 여러 차례의 사전 미팅과 인터뷰에 임하며 긴 시간을 할애했지만, 촬영이 마지막에 틀어졌다. 그만큼 고무보트로 대한민국을 한 바퀴 돌아보겠다는 모험은 그들이 보기에 상당히 큰 리스크가 있던 거다.

만약, 이 프로젝트가 그러한 리스크들을 딛고 잘 마무리된다면, 이 책이 출판되었을 때는 프로젝트 동안 라이브 방송 수익금이 얼마가 모였고 그 돈이 어디에 어떻게 기부되었는지는 아프리카TV 용진캠프의 생방송 '다시보기'에 모두 담겨 있을 거다. 소망컨대 무사히 '고무보트로 대한민국 한 바퀴 생방송' 프로젝트가 잘 마무리되어 생방송 수익금이 모두 우리 사회 약자들을 위한 기부금으로 제대로 전달되었기를 바란다.

만약 이 책이 출판물로서 성과가 있다면, 세계여행을 업으로 하는 사람으로서 아직 다루지 않은 여행 국가가 워낙 많이 남아있기에 다음 시리즈도 계속해서 내고 싶다. 하지만, 잘되지 않는다고 할지라도 괜찮다. 인생에 머물러 그대로 멈춰있기보다는 적극적으로 두드려보는 자세가 중요하기에….

단지 이 책이 단 한 사람에게만이라도 '최고의 인생책'이 되길 바라는 마음뿐이다. 당신의 삶을 바꾸고, 우리의 삶을 바꿀 수 있는 그런 멋진 책이 되길 기도해 본다.

올해, 나는 100번째 여행 국가 요르단에서 1만여 명의 시청자들과 유튜브 생방송을 함께했다. 그리고 지금까지 고군분투했던 기억이 주마등처럼 스쳐 지나 갔다. 한 신문사와의 인터뷰에서 크리에이터 생활 초창기에 대해 이렇게 얘기한 적이 있다.

"개인 방송을 시작하고 1년 넘게 수익이 변변치 않아 참 힘들었어요. 틈틈이 한국에 귀국해 대리기사를 하지 않으면 세계여행을 이어가는 건 불가능해 보일 정도였죠. 안정적인 교직 생활을 접고 무모한 도전을 하는 제 모습을 보고 주위에서 많이들 의아해했어요."

시간이 흘러 이제는 아프리카TV와 유튜브 수익으로도 충분히 세계여행 경비를 충당할 수 있지만, 앞으로도 대리기사 일을 계속할 계획이다. 초심을 지켜 밤을 달리는 대리기사로서 세상과 진정성 있게 소통하고 싶기 때문이다. 나아가 라이브 방송으로 더 많은 사람의 인생 이야기를 시청자들에게 들려주고 싶다.

그들의 스토리를 세상과 이어 줄 때, 그게 누군가에게는 깊은 울림이 될 수 있기에…. 그렇게 세상은 조금씩 바뀌어 나가기에….

하루는 원자력 병원에서 말기 암 환자 생활을 하신다는 분께서 대리기사 생방송에 놀러 오셨다. 그분은 채팅창에서 이런 말씀을 하셨다.

"용진님 덕분에 세상 구경 많이 하고 있어요. 제가 4기 암 환자라 살날이 얼마 남지 않았는데, 용진님이 만나는 대리고객들의 인생 이야기로 세상을 바라보고 있답니다."

그 채팅을 보고 가슴이 뜨거워졌다. 삶의 끝자락을 잡고 계신 이 한 분의 마음을 어루만져 드릴 수 있다면, 나 자신도 후회 없이 더욱더 노력해야 한다. 사람을 살리는 콘텐츠를 만들어야 한다. 누군가에게 세상을 바라보는 등불이 되어야 한다.

이후, 아프리카TV 대리기사 생방송으로 고객들을 모시며 소통했던 여러 '다시보기' 영상들을 편집해 유튜브 '세계일주 용진캠프'에도 올려 나갔다. 대학교 교수, PD, 강력계 형사, 회사 대표 등 정말 다양한 분들을 모셨는데, 한 어머니는 이런 말씀을 하셨다. 자신이 세상을 살아보니 파랑새는 멀리 있는 게 아니었다고. 자기 남편이 잘나지도 않았고, 아이들을 좋은 학교에 보내지도 못했지만 모두 내려놓고 보니 진짜 행복이 어디에 있었는지 알게 되었다고.

"파랑새는 바로 우리 모두의 마음 안에 있었어요."

최근 출판계의 베스트셀러 순위표를 보면 돈과 부에 관련된 서적이 참 많다는 것을 알 수 있다. 그만큼 돈을 어떻게 벌어 부를 이루느냐가 중요해진 사회다. 하지만, 우리는 넘칠 것 같은 물질적 풍요를 누리고 있어도 저마다의 고민으로 행복하지 않은 사람들의 이야기를 많이 듣는다. 또한, 무소유에 가깝게 살고 있어도 행복한 미소가 떠나지 않는 자연인들도 보게 된다.

과연 진정으로 행복한 삶이란 무엇일까? 여기에 대한 답은 사람에 따라 다르겠지만, 누구보다 행복한 삶을 영위하고 있다고 생각하는 한 사람으로서 어떤 여정을 통해 지금과 같은 행복 충만한 감정에 이르게 됐는지에 대해 말해주고 싶었다. 그게 사실 이 책을 쓰게 된 원동력이다.

앞의 한 에피소드에서 얘기했듯이 한 권의 책이 내 인생을 바꾸었다. 서점에서 그 책을 들고 온 날을 생생하게 기억한다. 밤이었는데 집에 들어오자마자 골방에 박혀 읽기 시작했던 것이 그 책의 마지막 장을 넘길 때는 창가로 동이 터오고 있었다. 그만큼 몰입해서 읽어 내려갔던 거다. 책 속의 내용은 세상에 대한 시선을 완전히 바꾸어 놓았다. 그리고 결과적으로 정말 성공한 인생을 살게 해주었다. 진정한 성공은 돈이나 명예가 아니더라. 바로 마음의 행복이다. 당시 중학생이던 나는 연필로 그 책의 여백 칸에 '내 삶의 지침서'라고 썼다. 그 책은 20년이 지난 지금까지도 내 서재의 책장에서 나와 함께하고 있다.

이 책도 그렇게 누군가의 운명을 바꾸어 놓을 수 있을까? 무엇보다 이 에세이를 통해 당신 역시 '삶의 기준을 스스로 창조하는 사람'이 되길 바란다.

그리고 나와 약속 하나 하자. 나는 법적으로 입국 가능한 이 세상 모든 나라를 밟아볼 때까지 앞으로도 계속 생방송으로 세계여행을 하며 세상을 가공 없이 투명하게 담아나가겠다. 한국에 들어왔을 때는 자율주행의 상용화로 대리기사란 직업이 사라질 때까지 라이브 방송을 켜고 대리운전을 하며 많은 서민의 삶을 가까이서 들여다보겠다. 여러분은 부족했던 한 사람이 어떻게 성장해 나가는지를 지켜보며 인생의 어떤 순간에도 결코 포기하지 말기를 바란다. 다시 일어나자. 그리고 나아가자. 누구보다 즐겁게 우리의 운명을 창조해나가자. 우리가 바로 세상을 바꾸는 사람이다.

이 시대를 걷고 있는 엉뚱한 친구의 생방송 인생 이야기가, 당신의 삶에 혜안을 줄 수 있는 독특한 여정이 되길 바란다.

에필로그

세상을 살다 보면 누구나 칠흑같이
어두운 길을 지나게 된다.
불빛도 없고 가야 할 길도 잃어버린 것 같은
곁에는 아무도 없다고 생각되는 그런 길들.
어떻게 지나갈지 답이 없어 보이는 이 길을
어떻게 대하고 견뎌내느냐에 따라
우리 인생은 전혀 또 다른 방향으로 흘러가게 된다.

어둠을 만났을 때 어둠에 멈추지 않고
아직 겪어보지 못한 세상을 경험해보고 싶어졌다.
나의 길에 다시 빛이 비칠 거라 믿으며.
그렇게 현재 할 수 없는 것들은 과감히
내려놓고 새로운 도전을 통해

내가 잘할 수 있는 일과 흥미 있는 일을 찾아갔다.
나는 밤에 대리기사를 한다.
그리고 나에게 주어진
또 다른 시간으로 세계여행을 한다.

이제는 남들의 길이 아닌 내가 가고 싶은 길에서
매 순간을 사랑하고 평범한 삶을 사랑하고 싶다.
멀고 먼 세계를 돌아 현재까지 오며
그것이 가장 특별한 것임을 깨닫게 되었다.

나는 오늘 밤에도 운전을 하며
누군가의 어두운 길을 밝힌다.

무엇이든 할 수 있다는 마음으로

초판 1쇄 발행 2021년 12월 10일

지은이 용진캠프
펴낸이 김동혁
편집인 이우림
기획팀 서가인
디자인 서승연

대표전화 010-7566-1768
출판등록 2019년 8월 19일 제 406-2019-000089호
주   소 경기도 파주시 탄현면 헤이리마을길 21-7,3층
전자우편 good1768@naver.com

ISBN 979-11-974725-6-5 [03810]